Peter Kron
Kehrtwende

Peter Kron

Kehrtwende

Roman

Münster Verlag

Impressum

Umschlaggestaltung: Stephan Cuber, diaphan gestaltung, Bern
Umschlagmotiv: Peter Kron
Autorenfoto: Jean-Pierre Hauser, Näfels Schweiz
Gestaltung und Satz: Christoph Krokauer, Würzburg
Druck und Einband: CPI books GmbH, Ulm
Verwendete Schriften: Adobe Jenson Pro
Papier: Umschlag, 135g/m², Bilderdruck glänzend, holzfrei; Inhalt, 90g/m², Werkdruck holzfrei 1,75fach

ISBN 978-3-907146-75-0
Printed in Germany

www.muensterverlag.ch

I

Die Ampel wechselte von Gelb auf Rot. Michael Baltensberger drosselte die Geschwindigkeit, hielt an. Vor ihm ein Kleinwagen mit einem Kleber am Heckfenster: ‹Je suis Charlie›. Er fand den Slogan unpassend, obwohl er das Attentat auf die Redakteure der Satirezeitschrift Charlie Hebdo abscheulich fand. Als kürzlich im Büro über das Attentat gesprochen wurde und er sich zu der Aussage «Je ne suis pas Charlie!» verleiten liess, hatten ihn die Arbeitskollegen konsterniert angesehen. Natürlich verurteile er das Attentat auf die Redakteure der Satirezeitschrift Charlie Hebdo aufs Schärfste, meinte er. Doch man müsse sich fragen dürfen, ob heute in der Satire wirklich alles erlaubt sei. Er sei nach wie vor der Meinung, dass mit den verunglimpfenden Mohammed-Karikaturen der Bogen der Meinungsfreiheit überspannt worden sei. Genauso unpassend fände er die Karikatur von Jesus am Kreuz, der in der Zeitschrift mit erigiertem Glied dargestellt wurde.

Nach einer Viertelstunde erreichte Michael das Firmengelände. Er parkte auf dem ihm zugeordneten Parkplatz, nahm die Aktentasche vom Hintersitz und lief der Fertigungshalle entlang zum Bürogebäude. Die Rezeptionistin beim Empfang war gerade am Telefon und grüsste mit einer Handbewegung. Das Drehkreuz öffnete sich, nachdem er den Firmenausweis in den Leser geschoben hatte. Er erwiderte den Gruss der auf den Aufzug wartenden Arbeitskollegen und liess den Firmenausweis in der Aktentasche verschwinden, obwohl er ihn eigentlich gut sichtbar irgendwo an der Kleidung festgeklemmt hätte tragen müssen. Er mochte es nicht, so beschildert herumzulaufen. Zwei Arbeitskollegen unterhielten sich mit gedämpfter Stimme über Geschäftliches, während die anderen schweigend auf die Stockwerkanzeige starrten. Im achten Stock, der Bel Etage, wie das oberste Stockwerk im Hauptgebäude genannt wurde, stieg er aus. Er betrat sein Büro, öffnete das Fenster und blickte auf die Hügelzüge, die von der Morgensonne hell beleuchtet waren, und den See, der sich dunkelblau von den Hügelzügen abhob. Während er zum Fenster hinausblickte, überkam ihn ein Gefühl der Zufriedenheit. Er war auf der Bel Etage angekommen. Dort, wo das obere Kader und die Geschäftsleitung ihre Büros hatten. Bei diesen Gedanken erinnerte er sich an seine Zukunftspläne während des Jus-Studiums. Für eine Non-Profit-Organisation wollte er arbeiten, das war seine Zukunftsvision. Er war begeistert gewesen von den Greenpeace-Aktivisten mit ihren waghalsigen Aktionen, überhaupt von Organisationen, die sich für Umwelt und Menschenrechte einsetzten. Dass er einmal als Unternehmensjurist für einen Medizingeräte-Hersteller arbeiten würde, hätte er sich damals nicht vorstellen können.

Michael lockerte die Krawatte, hängte sein Jackett über die Stuhllehne und setzte sich an den Schreibtisch.

Er schaltete den Laptop ein und las als Erstes die eingegangenen E-Mails. Einige transportierte er gleich in den virtuellen Papierkorb. Andere, selbst solche mit belanglosem Inhalt, beantwortete er aus reiner Höflichkeit.

Er hörte die Tür im Vorzimmer ins Schloss fallen. Sicher Erika, seine Assistentin. Von seinem Schreibtisch aus konnte er sie nicht sehen, doch er vermeinte den Duft ihres Parfums zu riechen, der sich, sobald sie das Büro betrat, rasch ausbreitete. Er mochte ihr Parfum, obwohl es ihn an ein Aftershave erinnerte. Erika kam häufig etwas später als er ins Büro, oft mit einem Pappbecher in der Hand, aus dessen transparenter Kunststoffkuppel ein Trinkhalm herausragte. Meist steckte sie den Kopf durch die angelehnte Tür und wünschte einen guten Morgen. Dieses Mal kam sie herein, setzte sich ihm gegenüber an den Schreibtisch und schlug die Beine übereinander, sodass ihr ohnehin schon kurzes Kleid noch kürzer wirkte.

«Wie war dein Wochenende?», fragte sie, immer noch mit dem Pappbecher in der Hand, an dessen Trinkhalm sie hin und wieder nippte.

«Gut, danke», antwortete er kurz, weil er keine Lust hatte, sein Privatleben vor ihr auszubreiten.

Doch das hielt sie nicht davon ab, ausführlich über ihr Wochenende zu berichten. Sie sei mit ihrem Freund nach Paris geflogen, weil sie sich das günstige Flugangebot nicht entgehen lassen wollten. Sie hätten im Strassenkaffee des Restaurants L'Opéra diese vorzüglichen Cremeschnitten oder Mille-feuille, wie die Franzosen sie nennen, gegessen. Und sie habe sich ein schönes Kleid gekauft, das in der Schweiz sicher viel teurer gewesen wäre. Michael fühlte sich erleichtert, als ihr Telefon klingelte und sie sein Büro verliess.

«Du hast heute Nachmittag eine Sitzung mit der Geschäftsleitung», rief sie durch die angelehnte Bürotür.

«Ich weiss», antwortete er und wendete sich wieder den neu eingegangenen E-Mails zu. Er klickte auf das E-Mail mit der Einladung zur Sitzung und wunderte sich, dass darin keine Angaben über deren Inhalt gemacht wurden. Wie sollte er sich darauf vorbereiten, wenn er nicht einmal wusste, was es zu besprechen gab. Natürlich war er nicht immer über alles informiert, weil er nicht der Geschäftsleitung angehörte und als Mitglied des oberen Kaders nur sporadisch an deren Sitzungen teilnahm. Er rief die Assistentin des Geschäftsleiters an, um mehr zu erfahren. Doch auch sie konnte ihm nicht weiterhelfen. Vielleicht wusste sie wirklich nichts, möglich auch, dass ihr Stillschweigen auferlegt wurde.

Michael überprüfte die Offenlegungsschrift für die Patentanmeldung eines neu entwickelten Produktes und markierte mit einem gelben Filzmarker strittige Stellen, die er mit dem Entwicklungsleiter besprechen wollte. Schliesslich war er Jurist und nicht Patentanwalt. Dass er sich um Patente kümmerte, wurde ihm in der Entwicklungsabteilung schon mehrmals unter die Nase gerieben. Doch er hatte sich in den letzten Jahren entsprechende Kenntnisse angeeignet, die es ihm ermöglichten, zu patentrechtlichen Fragen Stellung zu nehmen.

Als ihm seine Assistentin einen guten Appetit wünschte, realisierte er, dass es bereits Mittag geworden war. Sollte er im Personalrestaurant essen? Nein, sagte er sich und entschied sich für einen Spaziergang zum nahegelegenen See. Er verliess das Firmengelände und stiess beinahe mit einem Mann zusammen, der mit seinem Smartphone beschäftigt war. Nach wenigen Gehminuten erreichte er die See-Promenade. Das kleine Gartenrestaurant, für das er sich entschieden hatte, war kaum besetzt. Er bestellte das Mittagsmenu und war froh, keine Arbeitskollegen anzutreffen, hatte er doch bereits unterwegs unzählige Male wie ein Papagei einen guten Appetit gewünscht.

Er beobachtete die Enten nahe dem Seeufer, die meist zu zweit unterwegs waren. Vorne das Weibchen, das vor dem bunten, dicht hinterher schwimmenden Männchen zu flüchten schien. Frühling eben, dachte er. Eine junge Frau mit Kleinkind bemühte sich, die Enten mit Brotstückchen anzulocken. Er war beeindruckt, mit welcher Zuneigung sich die junge Mutter um ihr Kind kümmerte. Ihre buschigen Haare hatte sie zu einem Pferdeschwanz zusammengebunden, der bei jeder Bewegung hin und her baumelte.

Er versuchte, sich seine Frau Maria als Mutter mit Kleinkind vorzustellen. Noch waren sie kinderlos, und dies nach fünf Ehejahren. Sicher wäre sie eine gute Mutter, davon war er überzeugt. Schliesslich war sie als Kindergärtnerin gewohnt, mit Kleinkindern umzugehen.

Michael trank das Bier aus, bezahlte und verliess das Restaurant. Er ging noch kurz in sein Büro, bevor er den Konferenzraum für die anberaumte Sitzung aufsuchte.

«Worum geht es eigentlich bei der Sitzung?», fragte er Finanzchef Fritz Morgenthaler, der eben den Konferenzraum betreten hatte.

«Lass dich überraschen», antwortete Morgenthaler mit einem verschmitzten Lächeln.

Nachdem die Geschäftsleitung und weitere Kadermitglieder am ovalen Konferenztisch Platz genommen hatten, kam Dr. Hansruedi Marty, der Vorsitzende der Geschäftsleitung, stellte sich vor den bereitstehenden Laptop und schon erschien die Willkommensfolie seiner Präsentation auf der Leinwand.

«Wir sind ein erfolgreiches, exportorientiertes Unternehmen, und das wollen wir auch bleiben», sagte Marty.

«Doch der starke Schweizer Franken macht uns zu schaffen, mit der Konsequenz, dass unser Gewinn in den letzten Monaten eingebrochen ist.»

Michael betrachtete die Folie auf der Leinwand, die anhand einer Kurve sinkende Gewinnmargen für die nächsten Jahre prognostizierte.

Deshalb sehe sich das Unternehmen gezwungen, einen Teil der Produktion ins Ausland zu verlagern, fuhr Marty fort. Gespräche mit einem tschechischen Unternehmen, das einzelne Module kostengünstiger herstellen könne, hätten bereits stattgefunden. Leider sei damit ein Stellenabbau am Schweizer Standort unumgänglich. Michael hörte Marty weiterreden, über Frühpensionierungen und einen Sozialplan, der zur Anwendung kommen werde. Alles untermauert mit entsprechenden Power-Point-Folien. Wie viele Stellen abgebaut werden müssten, sei noch nicht definitiv geklärt. Er gehe davon aus, dass es zu rund

50 Entlassungen kommen werde. Für nächste Woche sei eine Orientierung der Belegschaft anberaumt. Personalchef Meierhofer werde über die Details informieren.

Er sei überzeugt, dass Herr Meierhofer mit der Arbeitnehmervertretung und der Gewerkschaft einen gangbaren Weg finden werde, um Härtefälle so weit wie möglich abzufedern. Er möchte Herrn Baltensberger bitten, Personalchef Meierhofer bei arbeitsrechtlichen Fragen zur Seite zu stehen.

Michael ärgerte sich, dass er sich um arbeitsrechtliche Fragen kümmern sollte, ohne zuvor über den Stellenabbau informiert worden zu sein.

«Ich danke Ihnen, meine Herren, für Ihre Aufmerksamkeit», sagte Geschäftsführer Marty und verliess eilig den Konferenzraum.

«Was ist denn mit dem los?», sagte Michael zu Finanzchef Morgenthaler neben ihm. «Warum hat er es denn so eilig? Hat er ein schlechtes Gewissen?»

«Keine Ahnung.»

«Wusstest du davon?»

«Nicht im Detail», antwortete Morgenthaler ausweichend. «Den Entscheid über die Auslagerung der Produktion haben der Verwaltungsrat und unser Geschäftsführer gefällt.»

«Ich verstehe nicht, weshalb ich mich um arbeitsrechtliche Fragen kümmern soll, wie Marty angetönt hat.»

«Michael, du bist der einzige Jurist im Haus. Da ist es doch naheliegend, dass Marty dich mit dieser Aufgabe betraut. Mit dem Sozialplan ist praktisch schon alles geregelt», meinte Morgenthaler, stand auf und verabschiedete sich.

Als Michael in sein Büro zurückkehrte, war Erika damit beschäftigt, ihre Fingernägel zu feilen. Sie liess die Nagelfeile augenblicklich in ihrer Schreibtischschublade verschwinden, als sie ihn kommen sah. Etwas beschämt fuhr sie sich mit der Hand über die Stirn und lächelte verlegen wie ein Teenager, obwohl sie schon gegen dreissig ging.

«Wenn es nicht noch etwas gibt, das ich erledigen sollte, würde ich heute gerne etwas früher Schluss machen.»

«Kein Problem», erwiderte Michael und wünschte ihr einen schönen Abend.

Auch ihm war die Lust am Arbeiten vergangen. Er packte seine persönlichen Sachen in die Aktentasche, fuhr seinen Laptop herunter und machte sich auf den Heimweg.

2

Es dämmerte bereits, als Michael seinen Wohnort erreichte. Das warme Licht, das von der Wohnung ausging, löste bei ihm ein Gefühl der Geborgenheit aus. Er mochte die Attikawohnung, die für einen Zweipersonenhaushalt mit 150 Quadratmetern und einer grossen Dachterrasse recht komfortabel war. Blick auf den See und die Berge – was wollten sie mehr? Die Miete war entsprechend hoch, doch sie konnten es sich leisten, weil er als Unternehmensjurist gut verdiente. Er parkte seinen Porsche Cayenne in der Tiefgarage und fuhr mit dem Aufzug zum obersten Stockwerk, von wo eine Treppe zur Attikawohnung führte.

«Schon zurück?», sagte er, während er seine Aktentasche im Korridor abstellte. Er küsste Maria auf die Stirn.

«Ich dachte, dass du beim Squash spielen bist.»

Maria strich sich eine Haarsträhne aus dem Gesicht.

«Nein, ich bin nicht hingefahren, weil meine Spielpartnerin Franziska nicht kommen konnte. Und du, warum bist du denn schon zu Hause?»

Michael erzählte ihr von der Geschäftsleitungssitzung und dem geplanten Stellenabbau. Dass er sich dabei um arbeitsrechtliche Fragen kümmern sollte, fände er eine Zumutung.

Maria meinte, dass eine solche Aufgabe wohl oder übel ins Ressort eines Unternehmensjuristen gehöre.

Das habe ihm Finanzchef Morgenthaler auch gesagt. Der habe sicher massgeblich an dem Restrukturierungsplan mitgewirkt, obwohl er vorgab, nicht involviert gewesen zu sein. Morgenthaler hätte Geschäftsführer Marty davon überzeugen können, dass sinkende Gewinnmargen nicht gleich den Untergang des Unternehmens bedeuten. Doch wie sollte er auch. Morgenthaler habe schliesslich die Margenziele während der letzten Jahre kontinuierlich nach oben geschraubt, ungeachtet dessen, dass diese kaum je erreicht werden können.

«Vielleicht ist die Verlagerung der Produktion die einzige Möglichkeit, das Unternehmen zu retten.»

«Wahrscheinlich schon. Doch ich bin nicht sicher, ob da nicht mit gezinkten Karten gespielt wird.»

Michael blickte gedankenverloren über den See, als ob er in der Ferne nach einer Lösung suchen würde.

«Was hältst du davon, wenn wir übernächstes Wochenende nach Paris fahren? Ich könnte am Montag freinehmen.»

«Wie kommst du denn darauf?»

«Erika hat mir von ihrem Wochenende in Paris erzählt und von den wunderbaren Mille-feuille, die sie dort gegessen haben.»

«Und wegen dieser Mille-feuille sollen wir nach Paris fahren?»

«Nein, natürlich nicht. Wir könnten den Louvre besuchen und andere Sehenswürdigkeiten besichtigen.»

«Ich weiss nicht, ob das eine gute Idee ist – so kurz nach den Anschlägen auf Charlie Hebdo.»

«Es wird ja nicht gleich wieder ein Anschlag verübt werden», meinte Michael.

«Das glaube ich auch nicht. Trotzdem, nach Paris zu fliegen, ist nach dem Anschlag bestimmt nicht so angenehm. All die verschärften Kontrollen beim Check-in. Könnten wir nicht einfach meine Eltern besuchen? Vater ist eben nach der Leistenbruchoperation aus dem Spital entlassen worden. Er würde sich über unseren Besuch sicher freuen.»

«Daran habe ich nicht gedacht. Dann planen wir Paris für später ein. Wir müssen ja nicht fliegen, wir können den TGV nehmen.»

Maria stand auf und begab sich in die Küche, um das Abendessen vorzubereiten.

Auf dem ovalen Tisch beim Sofa lagen zwei Briefe und die Tageszeitung, die Maria zuvor schon hochgetragen hatte. Michael öffnete die Briefe, die beide eine Rechnung enthielten. Er nahm die Zeitung zur Hand und las den Beitrag über die Auswirkungen des starken Schweizer Frankens. Betroffen sei insbesondere die exportorientierte Maschinenindustrie. Für manche Sparten sei die Verlagerung der Fertigung ins Ausland unumgänglich. Da ist offenbar Geschäftsführer Marty auf den Zug aufgesprungen, dachte er.

Er überflog den Auslandsteil, in dem einmal mehr über ein Sprengstoffattentat im Irak berichtet wurde. Beinahe jeden Tag wurde über Anschläge durch Islamisten berichtet. Er hatte keine Lust mehr, solche Berichte zu lesen. Er stand auf, deckte den Tisch und entkorkte eine Flasche Rotwein.

«Was hat übrigens der Gynäkologe gesagt – du warst doch heute bei ihm, oder?», fragte Michael während des Abendessens.

«Er hat nichts feststellen können, was nicht in Ordnung wäre.» Michael schenkte sich das zweite Glas Rotwein ein.

«Du trinkst zu viel Rotwein.»

«Wie kommst du denn darauf? Hat dir der Gynäkologe diesen Floh ins Ohr gesetzt?»

«Nein, Michael. Sicher wäre es besser, wenn du deinen Weinkonsum etwas reduzieren würdest. Alkohol ist der Spermienproduktion nicht gerade förderlich.» Maria hielt kurz inne. «Der Gynäkologe meinte übrigens, dass du einen Spermientest machen solltest.»

«Einen Spermientest?»

«Ja, einen Spermientest. Könnte ja sein, dass du zu wenig Spermien hast.»

«Und wenn dem so wäre, würdest du dich dann mit Spermien aus einer Samenbank befruchten lassen?»

«Davon ist doch keine Rede. Es geht vorerst einfach darum, abzuklären, weshalb ich nicht schwanger werde.»

«Und daran soll ich jetzt schuld sein?»

«Ach Michael, tangiert denn ein Spermientest deine männliche Eitelkeit, oder glaubst du, dass damit deine Virilität infrage gestellt wird?»

«Gut, ich mache diesen Spermientest, wenn es unbedingt sein muss», sagte er in einem leicht gereizten Ton.

Er stand auf, ging ins Wohnzimmer und schaltete den Fernseher ein. In den Abendnachrichten war der starke Schweizer Franken wieder ein Thema. Wie hatte sein Freund Eric letzte Woche gesagt: Nichts als ein Medienhype. Vielleicht hatte er recht. Kann sein, dass das Thema von den Medien hochgespielt wird.

«Ich möchte den historischen Film über die Windsors ansehen», sagte Maria, als sie sich neben ihn setzte.

«Kein Problem.» Vermutlich wieder so eine schmalzige Liebesgeschichte, dachte er. Der Film war noch nicht zu Ende, als er eingeschlafen war.

3

Als er den Saal des Personalrestaurants betrat, war alles bereits für die Mitarbeiterorientierung eingerichtet. Ein Tisch stand am oberen Ende des Raumes, dahinter eine Leinwand, auf der die erste Folie eingeblendet wurde. ‹Together Forward›, stand da in grossen Lettern, darunter etwas kleiner: ‹Herzlich willkommen zur Mitarbeiterorientierung›.

Personalchef Meierhofer unterhielt sich mit dem Finanzchef und dem Vorsitzenden der Arbeitnehmervertretung, der heftig mit den Händen gestikulierte.

«Wir werden schon eine Lösung finden», hörte er Meierhofer sagen, als er zu ihnen stiess.

Langsam füllte sich der Saal. Meierhofer blickte auf die Uhr und trat ans Rednerpult.

«Liebe Mitarbeiterinnen, liebe Mitarbeiter, ich möchte Sie im Namen der Geschäftsleitung herzlich begrüssen.»

Und schon wurde die zweite Folie zur Problematik der Frankenstärke eingeblendet. Folien mit sinkenden Gewinnmargen folgten, die Meierhofer laufend kommentierte.

«Sie sehen, wir befinden uns in einer schwierigen Lage», meinte er, während wieder die Folie mit dem Slogan ‹Together Forward› eingeblendet wurde.

«Doch wenn wir alle an demselben Strick ziehen und geschlossen voranschreiten, werden wir es ganz im Sinne des Slogans ‹Together Forward› schaffen, die Herausforderungen der Zukunft gemeinsam zu meistern», fuhr Meierhofer fort.

Eine Verlagerung von einzelnen Produktionssegmenten ins Ausland sei der einzig gangbare Weg, um Arbeitsplätze zu sichern.

Meierhofer musste das Raunen im Saal nicht entgangen sein. «Liebe Mitarbeitende, unser Unternehmen wird beträchtliche Mittel bereitstellen, um unumgängliche Entlassungen mit einem grosszügigen Sozialplan abzufedern. Ich wiederhole es gerne noch einmal: Wir können Arbeitsplätze in der Schweiz nur dann sichern, wenn wir einige ins Ausland verlagern.»

Die aufkommende Unzufriedenheit im Saal war regelrecht spürbar.

Ein Mitarbeiter meldete sich zu Wort, setzte zweimal an, weil er das ihm gereichte Mikrofon zu weit weg hielt. Zynisch fände er es, dass man Stellen abbauen wolle, um Arbeitsplätze zu sichern. Da würden wieder die einen auf Kosten der anderen profitieren. Auf der Strecke blieben jene, die wirklich zur Wertschöpfung des Unternehmens beitragen würden, und dies seien all jene in der Fertigung.

Ein anderer wollte wissen, welche Stellen verlagert würden. Dem Leiter von Human Resources müsse dies doch bekannt sein, meinte er mit einem spöttischen Unterton.

Dies sei noch nicht geklärt, antwortete Meierhofer ausweichend. Die Betroffenen würden zur gegebenen Zeit persönlich informiert. Neben Frühpensionierungen müssten leider auch Entlassungen ausgesprochen werden. Doch zu eigentlichen Härtefällen werde es dank des grosszügigen Sozialplans nicht kommen.

«Ich schicke dir noch die Unterlagen zum Sozialplan», sagte Meierhofer zu Michael am Ende der Orientierung. Welche Stellen von der Verlagerung betroffen sein würden, könne er ihm Ende des Monats mitteilen.

Michael war erleichtert, dass er sich nicht um die Details kümmern musste. Zu Recht, dachte er, ich bin schliesslich nicht Human Resources Manager.

Meierhofer war bekannt für seine Ränkespiele. Er konnte ihn nicht leiden. Ein Opportunist, der nie viel für die Anliegen der Belegschaft übrig hatte. Ihm ging es vor allem darum, der Geschäftsleitung zu Diensten zu sein.

Er scheute die Vorstellung, mit ihm zusammenarbeiten zu müssen. Selbst seine Sekretärin konnte ihn nicht ausstehen, nannte ihn einen alten Spanner, obwohl er doch erst gegen die Fünfzig ging. Er habe sie schon mehrmals mit anzüglichen Bemerkungen belästigt, sagte sie kürzlich. Möglich, dass sie ihn mit ihren kurzen Röcken provoziert hatte.

Mit diesen Gedanken erreichte er wieder sein Büro.

Wenige Minuten später kam Erika von der Mitarbeiterorientierung zurück. «Und, was sagst du dazu?»

«Offensichtlich ist es bei dem starken Franken unumgänglich, die Fertigung ins Ausland zu verlagern, um

Arbeitsplätze hier am Standort zu sichern, wie sich Meierhofer ausdrückte. Die Pressestelle hat bereits eine entsprechende Medienmitteilung versandt. Ich bin gespannt, wie die Medien darauf reagieren werden.»

Michael startete seinen Laptop.

«Ich habe übrigens die Patentanmeldung von letzter Woche noch etwas überarbeitet. Kannst du mein Gekritzel ins Originaldokument übertragen, damit wir es morgen dem Patentamt zustellen können?»

«Mach ich, Michael.»

Er blickte unwillkürlich auf ihre Beine, als sie sein Büro verliess.

Gespannt öffnete er das E-Mail mit der Medienmitteilung von der Pressestelle und war überrascht, dass darin lediglich über die Gründe der Umstrukturierung informiert wurde, nicht jedoch über den damit verbundenen Stellenabbau.

Ein Klingelton kündigte den Eingang eines neuen E-Mails an. Es war von Meierhofer, mit dem Sozialplanentwurf im Anhang. Dies sei die Version, auf die sich Geschäftsleitung, Arbeitnehmervertretung und Gewerkschaft nach zähen Verhandlungen geeinigt hätten. «Darf ich dich bitten, den Sozialplan gegenzulesen», schrieb Meierhofer in der Mitteilung.

Michael öffnete das Dokument im Anhang und las konzentriert Absatz um Absatz. Er fasste in Gedanken das Wichtigste zusammen, als ob er jemanden über die zentralen Punkte hätte informieren müssen: Frühpensionierungen ab dem 58. Lebensjahr; Abgangsentschädigung in Höhe von drei Monatsgehältern für Mitarbeitende ab dem 50. Altersjahr und mit mindestens 20 Dienstjahren. Für alle übrigen war nach Ablauf der Kündigungsfrist eine Abgangsentschädigung von einem Monatsgehalt vorgesehen. Unterstützung bei der Stellensuche, las Michael weiter. Er bearbeitete das Dokument im Korrekturmodus und änderte ein paar wenige sprachliche Ungereimtheiten. Meierhofer war im schriftlichen Ausdruck immer etwas unbeholfen. Juristisch schien ihm das Dokument in Ordnung zu sein, obwohl er kein Experte auf dem Gebiet des Arbeitsrechts war. Er stand auf, ging zum Fenster und blickte auf den See, der sich in der Abenddämmerung rötlich färbte.

Es erfüllte ihn mit Stolz, auf der Bel Etage angekommen zu sein. Doch manchmal, wenn er am Fenster stand, kam er sich wie ein Gefangener vor. Acht bis zehn Stunden verbrachte er tagtäglich in diesem Raum, und dies seit über fünf Jahren. Dort, hinter dem Horizont, weit weg vom Firmengelände, begann für ihn die Freiheit. Er öffnete das Fenster, um etwas von dieser Freiheit einzufangen, und beobachtete eine Amsel, die zuoberst im Baumwipfel sass und ihren Abendgesang anstimmte.

Es war Freitagabend; er freute sich, die Bel Etage für zwei Tage verlassen zu können.

Michael parkte in einer Seitenstrasse unweit des Restaurants. Sicher ist sicher, dachte er. Wer weiss, ob die Polizei nicht einmal auf die Idee kommen könnte, vom Restaurant wegfahrende Gäste zu kontrollieren. Denn wenn er Eric nach Feierabend traf, blieb es meist nicht bei einem

Bier. Er mochte das Lokal, auch deshalb, weil es als Raucherrestaurant geführt wurde.

Eric sass bereits an der Bar bei einem Bier, als er das Restaurant betrat. Kennengelernt hatten sie sich damals auf der Redaktion der Regionalzeitung während der Semesterferien, als sie dort während des Studiums gejobbt hatten. Eric war nach Abschluss des Studiums in den Journalismus eingestiegen.

«Schön, dass wir uns wieder einmal treffen», sagte Eric, als er sich neben ihn an die Bar setzte. «Es muss ein paar Monate her sein, seit wir uns das letzte Mal getroffen haben. Alles unter Kontrolle?»

«Doch, ja», antwortete Michael.

«Und im Geschäft, alles ok?»

«Wie man's nimmt. Zurzeit werden einige Arbeitsplätze ins Ausland verlagert.»

Michael setzte Eric über den Stellenabbau ins Bild, ohne ins Detail zu gehen.

«Deine Stelle ist aber nicht gefährdet, oder?»

«Nein, es geht vor allem um Arbeitsplätze in der Fertigung. Und bei dir, wie geht's?»

«Beschissen. Die Digitalisierung hat die Medienbranche wie ein Tsunami erfasst. Manche Printmedien kämpfen ums Überleben, weil mehr und mehr Inserenten, aber auch Abonnenten wegbrechen und in die Internetmedien abwandern.» Eric nahm einen Schluck Bier und zündete sich eine Zigarette an.

«Ja, Michael, es sind harte Zeiten. Unsere Regionalzeitung wurde vor zwei Monaten von einem grossen

Medienhaus übernommen. Wir werden zu einer Mantelzeitung. Unsere Redaktion ist damit nur noch für den Lokalteil zuständig. Das heisst nichts anderes als Stellenabbau. Auch ich habe letzten Monat die Kündigung erhalten.»

«Nein! Wirklich? Was willst du nun tun?»

«Ich habe mich inzwischen bei einem News-Portal als Redaktor beworben.»

«Bei einem Online-Portal ohne Print-Ausgabe?»

«Ja. Nicht gerade meine Wunschvorstellung!»

«Du könntest doch in die PR-Branche wechseln oder für die Pressestelle eines Unternehmens arbeiten. In der PR-Branche verdienst du sicher mehr, und dies bei regelmässigeren Arbeitszeiten.»

«Nein, das ist nichts für mich. Ich bin Journalist und das möchte ich auch bleiben. Marketingbotschaften zu verbreiten ist nicht mein Ding.»

Michael konnte verstehen, dass Eric nicht in die PR-Branche wechseln wollte. Doch dass er sich entschieden hatte, für ein News-Portal zu arbeiten, erstaunte ihn, weil er die Online-Medien für das Zeitungssterben mitverantwortlich machte.

Sie bestellten noch ein zweites Bier, dann ein drittes und unterhielten sich über die Social Media, die sich, wie Eric meinte, mehr und mehr in der klassischen Medienbranche einnisteten.

«Auch unsere Firma setzt auf die Social Media wie Facebook und Twitter», meinte Michael. «Was das bringen soll, ist mir nicht ganz klar.»

Eric zuckte die Achseln und bestellte ein weiteres Bier. Er drückte seine Zigarette aus, nachdem er den Rauch mit einem hörbaren Geräusch ausgepustet hatte: «Irgendeinen Nutzen wird es bringen, anders kann ich mir dies nicht erklären.»

«Hast du denn keinen Facebook-Account?», fragte Michael.

«Doch, schon, aber ich nutze ihn kaum.»

Michael schöpfte mit dem Löffel eine Handvoll Erdnüsse aus der Schale und schob sie in den Mund. «Unerklärlich ist mir, dass Leute, die in den Social Media attackiert und verunglimpft werden, nicht einfach ihren Account deaktivieren.»

«Viele nutzen die Social Media als Selbstdarstellungsplattform und Echo-Raum. Sie wollen offensichtlich auch dann nicht darauf verzichten, wenn sie darin diffamiert werden.»

Michael stellte das leere Bierglas auf den Tresen.

«Nimmst du noch eines?», fragte Eric.

«Nein, komm, gehen wir.»

Es ging bereits gegen neun, als sie gemeinsam die Bar verliessen.

4

Fahles Licht drang durch die Gardinen, als Michael aufwachte. Es schien ein sonniger Tag zu werden. Maria lag ihm zugewendet auf der Seite, sodass er ihr leichtes, regelmässiges Atmen hören konnte. Er berührte sie mit einer streichelnden Bewegung oberhalb der Brüste. Sie lächelte mit geschlossenen Augen, wohl, weil sich seine Berührung wie ein leichtes Kitzeln anfühlen musste. Ihre langen, offenen Haare verteilten sich über das gesamte Kopfkissen. Natürlich verspürte er Lust, wie wohl die meisten Männer am Morgen nach dem Aufwachen, doch er wusste, dass Maria für morgendlichen Sex nicht zu haben war. Er stand auf, schlüpfte in seine Hausschuhe, die er nach längerem Suchen unter dem Bett entdeckt hatte, und zog die Gardinen zur Seite.

«Ich möchte noch schlafen», sagte Maria in einem leicht gereizten Ton. «Zieh bitte die Gardinen wieder zu!»

«Hast du's vergessen? Wir sind heute bei deinen Eltern zum Mittagessen eingeladen.»

«Stimmt, ich habe nicht realisiert, dass heute Samstag ist.»

Michael ging ins Bad, füllte das Zahnputzglas mit Wasser, trank es leer und füllte es ein zweites Mal. Es waren wohl ein paar Gläser Bier zu viel gestern gewesen. Anders konnte er sich den Durst nicht erklären, auch nicht die leicht angeschwollenen Tränensäcke unter den Augen. Er nahm die Rasierschaumdose aus dem Spiegelschrank, sprühte sich etwas Schaum auf die Handfläche und verteilte ihn auf Kinn und Wangen, während er sich wieder im Spiegel betrachtete. Abgesehen von den Tränensäcken war er mit seinem Aussehen zufrieden. Mit der sich anbahnenden Glatzenbildung hatte er sich abgefunden. Auch die vereinzelten grauen Haare und leichten Stirnfalten störten ihn nicht. Im Alter von 34 Jahren sicher kein Unglück, dachte er.

Er zog mit dem Rasiergerät eine Bahn nach der anderen, erst über die Wangen, dann über das Kinn und schliesslich den Hals entlang.

Wie oft am Samstag kümmerte er sich um das Frühstück. Der Kaffee duftete herrlich, den er konventionell mit Filter zubereitet hatte. Er trug er das Frühstücksgeschirr auf die Dachterrasse, dann frisch geschnittenes Brot, Konfitüre und Butter.

Er setzte sich an den ovalen Granittisch, genoss den ersten Schluck Kaffee und blickte zufrieden auf den See, der in knapp zehn Gehminuten zu erreichen war. Die vom Wind leicht gekräuselte Seefläche glitzerte in der Morgensonne. Einige Segelboote waren bereits unterwegs, nutzten die guten Windverhältnisse. Eine Elster mit ihrem schwarz-weissen Gefieder flog vorbei und landete elegant auf dem Dachfirst des Nachbarhauses. Als die Kirchturmuhr zehn schlug, blickte er reflexartig auf seine Armbanduhr, obwohl es dafür keinen Grund gab.

Maria kam mit einer Schale Getreideflocken in der einen Hand und einem Joghurt in der anderen auf die Terrasse.

Ihr kurzer Rock gab ihre Oberschenkel frei, als sie sich setzte. Und wieder überkam ihn dieses Lustgefühl. Doch er liess es bei einer zärtlichen Berührung ihres Knies bewenden.

Sie schenkte sich eine Tasse Kaffee ein und sagte, dass sie unterwegs zu ihren Eltern gerne noch einen Blumenstrauss kaufen wolle.

»Für deinen Vater?», fragte er.

«Nein, für meine Mutter natürlich!»

«Du kannst ja auf dem Weg zur Tiefgarage noch eine Flasche Wein aus dem Keller holen. Darüber würde sich Vater sicher freuen.»

Maria stand auf und stellte das Geschirr zusammen.

«Ich hoffe, dass ihr euch nicht wieder in die Haare geratet.»

«Warum sollten wir?»

«Komm, Michael, du weisst, was ich meine. Vater und du, ihr habt das Heu nicht auf derselben Bühne. Sicher ist er manchmal extrem in seinen Ansichten. Trotzdem, schau zu, dass es nicht wieder zu gehässigen Auseinandersetzungen kommt.»

«Ich bin nun mal kein Linker. Mit den Weltverbesserungsideen deines Vaters kann ich nichts anfangen.»

Nach einer kurzen Fahrt mit Zwischenstopp in einem Blumenladen erreichten sie die Vorortgemeinde, in der Marias Eltern wohnten. Michael parkte unmittelbar vor dem Reiheneinfamilienhaus. Marias Vater stand beim

Eingang und war mit einem Brief beschäftigt, den er offensichtlich eben dem Briefkasten entnommen hatte. Sie folgten ihm zum Wintergarten, dessen Schiebetür offen stand.

«Wie geht es dir, Papa?», fragte Maria.

«Gut, danke. War ja nur ein kleiner Eingriff. Einen Tag nach der Operation konnte ich das Spital bereits wieder verlassen.»

«Hast du noch Schmerzen?»

«Nein, eigentlich nicht, einzig ein Spannungsgefühl in der unteren Bauchgegend. Mag sein, dass dies mit dem Kunststoffnetz zu tun hat, mit dem die defekte Bauchwandstelle abgedeckt wurde. Und wie geht es euch?»

«Gut, danke», erwiderte Maria. «Ist Mama in der Küche? Ich geh mal schauen, ob ich ihr helfen kann.»

«Komm, setz dich, Michael. Danke übrigens für den Wein. Magst du ein Glas Weisswein zum Aperitif?»

«Gerne, Max», antwortete Michael und setzte sich an den bereits aufgedeckten Tisch.

«Wie geht es im Geschäft?»

«Nun, wir stehen gerade vor einer Restrukturierungsphase.» Michael erzählte von dem geplanten Stellenabbau im Zusammenhang mit der Verlagerung von Arbeitsplätzen ins Ausland.

«Wieder einmal die Mitarbeitenden unter Druck setzen, darum geht es doch letztlich, oder?»

«Wie meinst du das, Max?»

«Der starke Schweizer Franken ist sicher ein Problem, doch eben auch ein Vorwand, um Restrukturierungsmassnahmen durchzuboxen. Meist geht es darum, ein Klima der Angst zu schaffen und die Mitarbeitenden auf diese Weise zu höheren Leistungen anzuspornen. Jeder gibt sich mehr Mühe, versucht, seine Arbeitskollegen auszustechen, weil er seine Stelle nicht verlieren will. Der so erzeugte Konkurrenzdruck unter den Mitarbeitern ist ein gängiges Mittel, um die Produktivität zu steigern.»

«Kann sein, dass gewisse Firmen solche Taktiken verfolgen. In unserer Firma ist dies sicher nicht der Fall. Es geht doch einzig und allein darum, im globalen Markt trotz des starken Frankens konkurrenzfähig zu bleiben.»

«Man könnte ja die Boni kürzen und die Dividendenausschüttung reduzieren, um die Frankenstärke wettzumachen.»

«Bei uns werden branchenübliche Boni ausbezahlt. Kürzungen sind deshalb kein Thema. Und mit einer Dividendenreduzierung wären sicher negative Reaktionen der Anteilseigner zu erwarten, was sich negativ auf den Aktienkurs auswirken könnte.»

«Lieber alles auf dem Buckel der Mitarbeitenden austragen, nicht wahr, Michael?»

«Darum geht es doch gar nicht.»

«Doch, genau darum geht es.»

Michael schwieg. Er stand grundsätzlich hinter den Entscheiden der Geschäftsleitung, weil er überzeugt war, dass sie sich für den Erfolg der Firma und damit auch für das Wohl der Mitarbeitenden einsetzt. Etwas, was Schwiegervater Max nie begreifen würde.

Er war erleichtert, als Maria und ihre Mutter das Mittagessen auftrugen und das Thema Restrukturierungen vom Tisch war. Marias Vater hatte bis zu seiner

Pensionierung in der Entwicklung eines Grossunternehmens gearbeitet und manche Restrukturierungen miterlebt. Wohl möglich, dass er sich deshalb so negativ über Geschäftsleitungsentscheide äusserte.

Michael fiel das erotische Miniaturbild an der Wand auf, das er bisher noch nie gesehen hatte. Es zeigte einen Mann beim Koitus mit einer Frau.

«Habt ihr das neu, Esther?»

«Nein, ich habe es kürzlich beim Aufräumen auf dem Dachboden gefunden. Wir haben es damals auf unserer Indienreise für wenige Rupien gekauft, später einmal einrahmen lassen, aber nie aufgehängt», antwortete Marias Mutter.

«Weil es euch früher peinlich war, ein solches Bild aufzuhängen», sagte Maria lächelnd.

«Mag sein», sagte Esther.

«Wart ihr lange in Indien?», fragte Michael.

«Nein, knappe drei Wochen», erwiderte Max. «Wir hatten unsere Asienreise früher abbrechen müssen, weil Esther krank geworden war.»

«Was hatte sie denn?», fragte Michael.

«Das ist eine längere Geschichte.»

«Die hast du schon erzählt, Papa», fuhr Maria dazwischen.

«Ich weiss von eurer Reise nach Indien», sagte Michael, «doch dass Esther erkrankte, wusste ich nicht.»

«Wir waren damals bereits vier Monate unterwegs», begann Max unbeirrt zu erzählen. Gestartet hätten sie die Asienreise in Griechenland, seien dann auf dem Landweg durch die Türkei und den Iran gereist und hätten schliesslich Afghanistan erreicht. Dort hätten sie die sieben Band-e-Amir-Seen am Hindukusch und die Buddha-Statuen in Bamijan besucht, die damals noch nicht gesprengt worden waren. Doch ihr Ziel sei Indien und Nepal gewesen und so seien sie mit einem Linienbus über den Khaiberpass nach Pakistan weitergereist. In Peschawar hätten sie ein einfaches Hotel gefunden, in dem sich viele Rucksacktouristen aufhielten. Eine typische Hippie-Unterkunft, in der auch Rauschmittel konsumiert wurden.

«Es war zu Beginn der Monsun-Zeit und sehr heiss, so um die 40 Grad. Manche dämmerten in der Hitze auf der Dachterrasse des Hotels vor sich hin, zum Teil wohl auch unter Drogeneinfluss.»

Marias Vater hielt inne und räusperte sich.

Sie seien von der Hitze benommen durch einen kleinen Gemüsemarkt geschlendert, auf dem Esther eine Wassermelone zur Erfrischung gekauft habe. «Nach drei Tagen ist sie an Durchfall erkrankt und hat sich immer wieder übergeben müssen. Ihr Zustand hat sich zusehends verschlechtert. Ihre Körpertemperatur ist stetig gestiegen, weil sie nichts trinken konnte, ohne sich zu übergeben.»

Er habe sich dann nach einem Arzt erkundigt, jedoch ohne Erfolg. Ein Pakistaner habe ihm geraten, den Baba, einen alten, weisen Mann aufzusuchen, der ihm helfen könne.

«Ich habe dann den ehrwürdigen Alten im Kaftan und mit Turban besucht und ihm Esthers Zustand geschildert.»

«Die Frau ist dehydriert», sagte dieser bestimmt, in gebrochenem Englisch. Da gebe es nur eines, den Körper herunter zu kühlen.

Es gebe in der Nähe eine Eisfabrik. Dort könne er einen Eisbarren holen, diesen zerkleinern und dann seine Frau mit den Eisstücken so lange einreiben, bis ihr Körper auf Normaltemperatur heruntergekühlt sei. Dann werde sie auch wieder etwas trinken können, ohne sich übergeben zu müssen.

«So machte ich mich unter der sengenden Sonne auf den Weg zur Eisfabrik. Ich kann mich erinnern, dass mich eine Französin dorthin begleitete. Ich lud den Eisbarren auf die Schulter und ging zurück zum Hotel. Dort zerkleinerte ich den Barren in Eisstücke und rieb Esthers Körper die ganze Nacht damit ein. Am anderen Morgen ging es ihr merklich besser, sodass wir zwei Tage später unsere Reise Richtung Indien über Lahore fortsetzen konnten. Wir haben dann unsere Asienreise in Delhi frühzeitig abgebrochen, weil Esther sich immer noch schwach fühlte.»

«Weshalb ist Esther denn so schwer erkrankt?», fragte Michael.

«Wahrscheinlich wegen der Wassermelone, die sie gegessen hatte. Wie wir erfahren hatten, legten die Gemüsehändler die Melonen über Nacht in die Wassergräben entlang der Strasse, um sie frisch zu halten. Doch die Melonen haben das verschmutzte Wasser aufgenommen. Für Einheimische ist dies weniger problematisch, weil sie gegen krankmachende Keime eher resistent sind als wir aus dem Westen. Esthers Arzt in der Schweiz meinte, dass es sich um eine Amöbenruhr gehandelt habe.»

«Natürlich hätten wir unsere Reise wie geplant gerne fortgesetzt, doch ich fühlte mich wirklich schwach», sagte Esther nachdenklich. «Kannst du dich an den Inder erinnern, der in demselben Hotel in Peschawar neben uns logierte?»

«Sicher», antwortete Max. «Offenbar hatte er mitbekommen, dass du dich dauernd übergeben musstest. Jedes Mal, wenn wir uns begegneten grinste er und sagte: ‹Your wife is pregnant› – Ihre Frau ist schwanger.»

«Unglaublich, was ihr da alles erlebt habt. Nachwirkungen der 68er-Bewegung, oder, Max?», sagte Michael.

«Doch ja, es war eine Zeit des Aufbruchs – eine Zeit, die ich nicht missen möchte», entgegnete er in Gedanken versunken.

«Nehmt ihr noch einen Kaffee?», fragte Esther.

«Nein danke, wir wollen gleich noch einkaufen gehen. Zudem haben wir Freunde zum Abendessen eingeladen.»

«Es war mir gar nicht so bewusst, dass dein Vater ein richtiger Alt-68er ist», sagte Michael auf der Rückfahrt.

«Warum meinst du? Wegen der Reise nach Indien?»

«Ja, auch. Ich habe ihm von dem geplanten Stellenabbau in unserer Firma erzählt, worauf er wieder einmal die Geschäftsleitung für alles verantwortlich gemacht hat, die seiner Meinung nach doch nur nach Gewinnmaximierung strebt.»

«Schon möglich, dass er recht hat», entgegnete Maria.

«Er war immer ein kritischer Geist, konnte sich nie mit dem neoliberalen Gedankengut aus den USA anfreunden. Im Gegensatz zu deinem Vater, der immer noch nicht realisiert hat, dass die Zeit des Kalten Krieges und des Antikommunismus vorbei ist. Heute Russland als grosse Gefahr für den Westen zu sehen, ist lächerlich.»

«Da bin ich mir nicht so sicher. Im Kreml träumt man wieder von Russland als Hegemonialmacht.»

«Und die USA, sind die denn besser?»

«Lassen wir das, Maria, sonst geraten wir uns noch in die Haare.»

5

Es war kurz nach 14 Uhr, als Michael das Büro verliess. Er müsse zum Arzt, liess er seine Assistentin wissen. Ob er sich nicht wohlfühle, fragte Erika, mehr aus Neugier als aus Anteilnahme. Es gehe um eine reine Routineuntersuchung, sagte er, weil er keine Lust hatte, Erika über den wahren Grund seines Arztbesuchs aufzuklären. Die Vorstellung, sich beim Arzt selbst zu befriedigen, fand er ohnehin unerträglich. Doch Maria bestand hartnäckig auf dem Spermientest. Er hatte keine Ahnung, wie dies vonstattengehen sollte.

Er hatte sich entschieden, mit der S-Bahn in die Stadt zu fahren, denn Parkplätze waren in der Innenstadt kaum zu finden. Nach wenigen Gehminuten erreichte er den Bahnhof, stieg die Treppe zum Perron hoch und entwertete die Mehrfahrtenkarte am Automaten. Missmutig stieg er in den Zug und setzte sich auf die freie Sitzbank gegenüber einer jungen Frau mit einem kleinen Jungen, der ihn unentwegt musterte.

«Wieso hat der Mann so ein Täfelchen mit Foto an der Jacke?», fragte er, sich seiner Mutter zuwendend.

«Nun», antwortete die Mutter, «vielleicht ist er Bahnkontrolleur.»

Erst jetzt realisierte Michael, dass er noch immer seinen Firmenausweis am Revers trug.

«Oh, den habe ich vergessen. Das ist ein Ausweis, den wir in der Firma tragen müssen», sagte er mit einem gezwungenen Lächeln, während er den Ausweis in der Jackentasche verschwinden liess.

Damit war er für den kleinen Jungen kein Thema mehr, der aus dem Fenster schaute und alles kommentierte, was am Wagenfester wie eine Kulisse vorbeizog.

So ein kleiner Junge wäre schon eine Bereicherung, sicher auch eine Umstellung nach den kinderlosen Ehejahren, dachte er. Der Zug fuhr im Hauptbahnhof ein. Die Frau wünschte einen schönen Tag und nahm den Kleinen an die Hand, der ihm zum Abschied zuwinkte.

Michael verliess den Hauptbahnhof und entschied sich, die zwei Strassenbahnstationen zu Fuss zu gehen. Er beobachtete die Leute, die sich in der Einkaufsstrasse aufhielten, darunter auch viele Touristen, wie es ihm schien. Vor dem Juweliergeschäft stand ein junges Paar, das den Schmuck in der Auslage interessiert betrachtete. Ob es Chinesen oder Japaner waren oder ob sie aus einem anderen asiatischen Land stammten?

Die Strassencafés waren gut besetzt. Michael hielt bei einem freien Tisch und blickte auf die Uhr. Er ging weiter, weil die Zeit bis zum Arztbesuch knapp war.

Als er die Arztpraxis des Urologen betrat, wies ihn eine attraktive Arztgehilfin ins Wartezimmer. Er fühlte sich unwohl bei dem Gedanken, dass sich die Assistentin um den Spermientest kümmern würde. Der ältere Mann, der beim Fenster sass, grüsste kurz und vertiefte sich wieder in eine Zeitschrift. Michael ging zum Regal, in dem verschiedene Ärztezeitschriften auflagen. Er ergriff die zuoberst aufliegende Zeitschrift, in der über die Früherkennung von Prostatakrebs berichtet wurde. Ob der ältere Mann deshalb den Urologen aufsuchte? Oder wegen Erektionsstörungen? Ein anderer Artikel befasste sich mit dem Thema Coitus interruptus, einer Verhütungsmethode, die früher anscheinend praktiziert wurde. Während die einen eine Schwangerschaft verhüten wollen, wünschen sich die anderen nichts sehnlicher als ein Kind. Irgendwie absurd, dachte er.

«Herr Baltensberger», hörte er jemanden sagen. Es war der Urologe, der in seinem weissen Kittel im Türrahmen des Wartezimmers stand. Michael war erleichtert, dass sich der Arzt und nicht dessen Assistentin um ihn kümmerte. Er geleitete Michael ins Sprechzimmer und informierte ihn über Sinn und Zweck des Spermientests.

Beim Test gehe es vor allem darum, die Spermienmenge zu ermitteln. Werde der Richtwert unterschritten, könne dies in der Tat ein Hinweis auf eine eingeschränkte Fruchtbarkeit sein.

«Nun, dann wollen wir mal! Sie wissen ja, wie das geht», sagte der Arzt mit einem Lächeln. Er führte ihn in einen Nebenraum und überreichte ihm einen becherartigen Glasbehälter mit einem Kunststoffdeckel.

«Hier noch etwas zur Stimulation», sagte er wiederum lächelnd und drückte Michael ein Magazin mit einer nackten Frau auf dem Cover in die Hand. «Lassen Sie sich

Zeit. Ich komme in zwanzig Minuten wieder», sagte er und zog die Tür des Nebenraums hinter sich zu.

Michael stellte den Glasbehälter auf den kleinen Tisch an der Wand und sah sich um. Ein düsterer Raum mit zugezogenen Vorhängen. Widerwillig blätterte er in dem Sexmagazin, weil er überhaupt keine Lust hatte, sich selbst zu befriedigen. Wie alt war er beim ersten Mal gewesen, vielleicht 13? Er hatte damals keine Ahnung davon. Doch es war das grosse Thema unter den Jungs. Und so gab es nur eines, es mal selbst ausprobieren. Welche Gefühle ihn damals begleitet hatten? Scham vielleicht? Er konnte sich nicht mehr erinnern.

Er betrachtete die Samenflüssigkeit in dem Glasbehälter und stellte sich die einzelnen Spermien wie Kaulquappen vor, die er damals als Junge in einem Konfitürenglas gefangenhielt.

Als es an der Tür klopfte, drückte er den Kunststoffdeckel auf den Glasbehälter.

«Bitte», rief er, worauf der Urologe eintrat und den Glasbehälter an sich nahm. Über das Testergebnis werde er ihn in ein paar Tagen informieren, meinte er. Er solle doch mit der Assistentin noch einen Termin vereinbaren.

Michael war erleichtert, als er die Arztpraxis verlassen konnte.

Er erreichte das Strassencafé, bei dem er zuvor kurz angehalten hatte, und setzte sich an einen freien Tisch. Er bestellte ein Bier, zog sein Smartphone aus der Tasche, checkte die neusten E-Mails und überlegte sich, ob er seinen Vater anrufen sollte. Er lebte alleine in einem grossen Einfamilienhaus am Stadtrand, seit Mutter ihn vor einem halben Jahr verlassen hatte. Bis zu seiner Pensionierung im vergangenen Jahr arbeitete er als Betriebsdirektor am Hauptsitz einer Privatbank und liess sich danach in den Verwaltungsrat derselben Bank wählen. Michael tippte auf den Namen ‹Ernst› im Verzeichnis.

«Ja», antwortete Vater nach dem vierten Rufton.

«Guten Abend, Papa. Wir könnten wieder einmal zusammen Golf spielen. Wie wäre es am nächsten Montag?»

«Musst du dann nicht arbeiten?»

«Nein, Papa, das ist der Pfingstmontag.»

«Natürlich, wie konnte ich das nur vergessen. Doch ja, bin gerne dabei. So um zehn Uhr auf unserem Golfplatz?»

«Gut, bis dann.»

Wie konnte Vater nur vergessen, dass nächsten Montag Pfingstmontag war? Zeichen einer sich anbahnenden Demenz? Nein, kann nicht sein, Vater hat ja neben der Bank noch zwei weitere Verwaltungsratsmandate inne. Diese könnte er bei Anzeichen einer beginnenden Demenz nicht wahrnehmen. Sicher, die Trennung hatte ihn sehr mitgenommen. Dass ihn Mutter nach 40 Ehejahren verlassen hatte, hatte er bis heute nicht verkraftet. Vater war immer stark auf sich bezogen, hat sich vor allem um sein Wohl, sein Ansehen und seine Karriere gekümmert. Möglich, dass sie sich deswegen auseinander gelebt haben, dachte er. Trotzdem konnte er nicht verstehen, dass Mutter ihn nach all den Jahren verlassen hatte. Vielleicht haben sie nie wirklich zusammengepasst. Als Kind fällt man bei einer Trennung der Eltern zwischen Stuhl und Bank, auch mit 35 Jahren. Zu wem soll man halten? Zu Vater, Mutter oder zu beiden – ein schwieriges Unterfangen. Er konnte Mutter ein Stück weit verstehen, wollte jedoch den Kontakt zu Vater nicht abbrechen

Michael schreckte auf, als die Kellnerin neben ihm stand und einkassieren wollte. Er bezahlte, trank sein Bier aus und machte sich gedankenverloren auf den Heimweg.

6

Der Parkplatz war kaum belegt. Michael parkte seinen Porsche Cayenne neben einem Geländewagen und schulterte seinen Golfbag mit den Golfschlägern: zwei längere für den vollen Abschlag und drei kürzere für das Spiel auf geringeren Distanzen.

Als er das Clubhaus-Restaurant erreichte, hielt er kurz an, doch Vater war nicht unter den wenigen Gästen. Er lief Richtung Range und sah Vater mit seiner weissen Golfmütze.

«Guten Tag, Papa! Alles klar?»

«Ja, guten Morgen. Ich habe mich schon ein wenig eingespielt», antwortete er und steckte den Golfschläger in den dreirädrigen Trolley, aus dem sicher zehn oder mehr Golfschlägerköpfe herausragten.

«Wo willst du spielen? Wir können ja auf der dritten Spielbahn starten, dort sind noch kaum Leute. Ich kann den Caddy beim Clubhaus holen.»

«Lass uns zu Fuss gehen. Deinen Trolley kann ich gerne ziehen und mein Golfbag mit den fünf Schlägern ist wirklich nicht schwer.»

«Gut, warum nicht.»

Bei der zweiten Abschlagstelle blieb Michael stehen, nahm den Golfbag von der Schulter und zündete sich eine Zigarette an.

Sein Blick schweifte über die hügelige Landschaft mit der Alpenkulisse am Horizont. Er beobachtete die zwei Golfspieler mit Dame, die wenige Meter entfernt bei der Abschlagstelle standen.

«Guten Morgen, Ernst!», rief einer der Männer, der gerade zum Abschlag ansetzte.

«Guten Tag, Jakob.»

«Ein früherer Arbeitskollege von dir?», fragte Michael.

«Nein, Doktor Mischler ist ein Golfpartner. Er ist Direktor bei der CI Money-Bank.»

Als sie an dem künstlich angelegten See entlang gingen, erinnerte sich Michael, wie er einmal bei einem missglückten Abschlag einen Ball im See versenkt hatte. Ein Albtraum für jeden Golfspieler. Doch das war lange her, damals, als er mit Golfspielen begonnen hatte. Heute würde ihm dies nicht mehr passieren.

Er war erleichtert, als sie die dritte Abschlagstelle erreichten. Vaters Trolley zu ziehen mit dem geschulterten Golfbag war anstrengender als er dachte.

«Wollte Maria nicht mitkommen?», fragte Vater, während er den passenden Golfschläger und zwei Bälle aus seinem Trolley nahm.

«Nein, sie kann mit Golf nichts anfangen, findet Golfspielen snobistisch.»

«Maria ist halt immer noch den alten Klischees verhaftet. Früher, ja, da war es vielleicht eine elitäre Sportart, doch heute ist Golf wirklich für jedermann erschwinglich.»

Er setzte den Golfball auf den kleinen Stift und holte zum Schlag aus.

«Maria und ich müssen ja nicht immer dasselbe mögen und in allem gleicher Meinung sein.»

Vater verfolgte den Flug des abgeschlagenen Balls, der ziemlich nahe am Ziel aufschlug.

«Ihr könntet nicht unterschiedlicher sein», sagte er nach einer Weile. «Ich kann mir gar nicht vorstellen, wie eure Beziehung funktioniert.»

«Maria und ich treffen uns irgendwo in der Mitte. Wir verstehen uns gut, obwohl wir in einem anderen Umfeld aufgewachsen sind, mit Vätern, die nicht unterschiedlicher sein könnten. Du stehst für den Finanzkapitalismus ein, Marias Vater ist ein unverbesserlicher Linker. Was soll's.»

Michael setzte seinen Ball auf den Stift. Der Abschlag war enttäuschend, doch er liess sich nichts anmerken. Ihm war es nicht wichtig, zu gewinnen. Er mochte das Golfspiel, weil er gerne draussen war und hin und wieder interessante Leute traf.

«Du hast mir kürzlich gesagt, dass du auf Marias Wunsch einen Spermientest machen lassen würdest?»

«Ja, den habe ich gemacht.»

«Und, was ist dabei herausgekommen?»

«Der Urologe meinte, dass die Spermienzahl im unteren Bereich liege. Allerdings könne dies nicht der Grund sein, weshalb Maria nicht schwanger werde.»

«Du solltest das Rauchen aufgeben. Das hat offensichtlich negative Auswirkungen auf die Spermienproduktion.»

«Ich weiss nicht, Papa. Maria sagt, dass ich zu viel Wein trinke, und jetzt soll ich auch noch mit dem Rauchen aufhören! Du hast doch auch immer geraucht. Warum hast du nicht aufgehört? Vielleicht hättet ihr dann ein zweites Kind bekommen, wenn du in jungen Jahren das Rauchen aufgegeben hättest. So ohne Geschwister aufzuwachsen war für mich nicht immer einfach.»

«Das war nicht der wirkliche Grund, weshalb deine Mutter nicht mehr schwanger wurde.»

«Bei mir hingegen soll das Rauchen der Grund sein, weshalb Maria noch nicht schwanger geworden ist?»

«Lassen wir das, Michael.»

Michael schaute auf die Uhr. Es ging bereits gegen Mittag, als sie das Grün, den Zielbereich der letzten Bahn, erreichten. «Gratuliere, Papa, du hast mit halb so vielen Schlägen den Ball im Loch versenkt.»

«Du bist eben schlecht ausgerüstet. Mit fünf Schlägern kannst du kaum gewinnen.»

«Mag sein, Papa», sagte Michael mit einem leicht gereizten Unterton. «Gehen wir noch kurz im Clubrestaurant etwas essen?»

«Ja, warum nicht.»

Nach einem kurzen Fussmarsch erreichten sie das Clubrestaurant, in dem sich Doktor Mischler bereits aufhielt.

«Darf ich vorstellen, das ist mein Sohn Michael Baltensberger, das ist Doktor Mischler.»

«Freut mich, Herr Baltensberger.»

«Ganz meinerseits», entgegnete Michael.

«Michael ist Unternehmensjurist beim Medizingeräte-hersteller Schlatter.»

«Ach, ja? Da habe ich doch erst kürzlich gelesen, dass die Firma einen grossen Teil der Produktion ins Ausland verlagern will. Ein richtiger Entscheid bei dem starken Schweizer Franken.»

«Finde ich auch», entgegnete Vater.

Michael nickte zustimmend, ohne zu antworten. Er setzte sich an einen anderen Tisch, weil er keine Lust hatte, sich mit diesem Doktor Mischler über die Verlagerung von Arbeitsplätzen zu unterhalten. Vater wünschte seinem Bekannten einen guten Appetit und setzte sich zu Michael.

«Wie kommst du eigentlich in dem grossen Einfamilienhaus alleine zurecht?»

Es dauerte einen kurzen Moment, bis Vater antwortete, weil er sich eben eine Scheibe Roastbeef in den Mund geschoben hatte.

«Gut, Michael, die Haushälterin kümmert sich liebevoll um mich, wäscht, putzt und kocht auch hin und wieder, wenn ich nicht auswärts esse.»

«Dieser Doktor Mischler», sagte Michael leise, «ist ein richtiger Finanzheini, oder? So wirkt er jedenfalls auf mich.»

«Ja, und? Letztendlich ist es der Finanzkapitalismus, der Arbeitsplätze schafft und für Wachstum sorgt. Das ist nun mal eine Tatsache.»

«Mag sein. Doch dieses dauernde Streben nach Wachstum und Gewinnmaximierung führt oft auch zu einem ungerechtfertigten Stellenabbau. Wenn in einer gut laufenden Firma Stellen gestrichen werden, lediglich um den Gewinn weiter zu steigern, dann finde ich dies nicht in Ordnung.»

«Das ist doch ein absoluter Blödsinn. Umstrukturierungen und Stellenabbau lassen sich oft nicht vermeiden, wenn es darum geht, die Rentabilität eines Unternehmens zu sichern. Man spürt den negativen Einfluss, den Maria auf dich hat. Was spricht denn dagegen, wenn Aktionäre mit ihren Investitionen eine möglichst hohe Rendite erzielen wollen? Deine Firma hat bei dem Frankenkurs gar keine andere Möglichkeit, als die Fertigung ins Ausland zu verlagern, wenn sie sich weiterhin am Weltmarkt behaupten will. Nur so kann ein markanter Gewinneinbruch vermieden werden.»

Michael sagte lange nichts, beobachtete die Spatzen, die neben dem Tisch Brotkrümel aufpickten.

«Mir tun eben auch die Mitarbeiter leid, die entlassen werden.»

«Es gibt doch einen grosszügigen Sozialplan, wie du selbst gesagt hast. Und dafür werden sicher beträchtliche Mittel eingesetzt.»

«Schon ja, trotzdem ist es hart für die Betroffenen. Gehen wir?»

Auf der Heimfahrt dachte Michael an das Gespräch mit Vater. Nein, er konnte sich nicht mit seinen neoliberalen Ansichten anfreunden. Vater war und blieb ein Verfechter des Finanzkapitalismus und konnte sozialen Anliegen kaum etwas abgewinnen. Vielmehr glaubte er an die

Trickle-Down-Theorie, wonach der Wohlstand der Reichen nach und nach durch deren Konsum und Investitionen in die unteren Schichten der Gesellschaft durchsickern.

Michael war froh, nicht in der Finanzbranche tätig zu sein, sondern in einem Unternehmen, das Geräte für den Gesundheitsbereich herstellte.

7

Er blickte auf das Meer und die Wattebauschwölkchen, die unterhalb des Flugzeugs vorbeizuziehen schienen. Keine zwei Wochen war es her, seit Michael sich mit Geschäftsleiter Marty über den US-Medizingeräte-Hersteller Fexter unterhalten hatte. Er habe kürzlich den CEO von Fexter getroffen, sagte Marty damals, und Möglichkeiten einer Kooperation erörtert. Tatsache sei, dass beide Unternehmen von einer Zusammenarbeit profitieren könnten, auch wenn Fexter der grössere Player sei. Fexter könne unserem Unternehmen den Marktzugang in den USA erleichtern, umgekehrt könne Fexter seine Marktpräsenz in Europa ausbauen, meinte Marty. Nun gehe es vorerst darum, dass sich die beiden Unternehmen besser kennenlernten. Deshalb erachte er es als sinnvoll, wenn er als Unternehmensjurist zusammen mit Finanzchef Morgenthaler nach Deerfield bei Chicago reise, um sich vor Ort ein Bild von der Firma Fexter zu machen. Er möchte ihn jedoch bitten, dies vertraulich zu behandeln.

Michael wusste nicht, was er davon halten sollte. Erst wurden Arbeitsplätze ins Ausland verlagert, und schon wurde über eine Kooperation mit einem US-Unternehmen nachgedacht. Doch dass eine solche Zusammenarbeit für beide Unternehmen von Vorteil sein könnte, schien ihm plausibel. Vor allem deshalb, weil sich die beiden Unternehmen im Produktangebot nicht wirklich konkurrierten, sondern eher ergänzten, wie Marty betonte. Er wusste es auch zu schätzen, dass Marty ihn mit dieser Aufgabe betraut hatte, und fand es interessant, wieder einmal in die USA zu reisen.

Das Einreiseformular, das er bei seiner letzten USA-Reise noch während des Flugs ausgefüllt hatte, musste er dieses Mal bereits vor der Abreise elektronisch einreichen. An einige Fragen konnte er sich noch gut erinnern: Ob er geplant habe, sich an terroristischen Aktivitäten, Spionage, Sabotage oder Völkermord zu beteiligen, oder zwecks krimineller Handlungen einreise? Gefragt wurde ferner, ob er an einer geistigen Störung leide. Michael fand die Fragen absurd, zumal er sich nicht vorstellen konnte, dass jemand solche Fragen mit ‹Ja› beantworten würde.

Morgenthaler hatte seinen Sitz zur Liege ausgeklappt und schien zu schlafen.

Michael legte den Firmenprospekt von Fexter auf das kleine Tischchen neben ihm, drückte auf den Knopf und schon verwandelte sich sein Sitz in ein Liegebett. Zum Schlafen war ihm bei Tageslicht nicht zumute, doch das monotone Geräusch der Triebwerke machte auch ihn schläfrig. Er zog die Fensterblende herunter und schloss die Augen.

Wie aus der Ferne hörte er jemanden seinen Namen rufen. Er wähnte sich bei der Passkontrolle am

O'Hare-Flughafen in Chicago, doch als er die Augen öffnete, sah er Morgenthaler, der ihm ein Stück Papier entgegenstreckte.

«Das musst du noch ausfüllen», sagte Morgenthaler.

Michael liess sein Liegebett wieder in einen Sitz umwandeln und zog die Fensterblende hoch.

«Was ist das denn? Das Einreiseformular habe ich doch schon vor der Reise ausgefüllt und eingereicht.»

«Das ist das Formular für die Zolldeklaration. In zehn Minuten werden wir in O'Hare landen.»

Michael blickte aus dem Fenster, sah eine Wasserfläche unter sich. Das müssen die Grossen Seen sein, dachte er, noch immer schlaftrunken.

«Hast du gut geschlafen?», wollte Morgenthaler wissen.

«Einigermassen, ja. Ich habe geträumt, dass ich bei der Einreisekontrolle festgehalten wurde.»

Morgenthaler lachte laut auf: «Wie das denn?»

Michael zuckte die Achseln, ohne zu antworten.

Einige Passagiere reagierten mit Applaus, als das Flugzeug am Boden aufsetzte. In der Halle der Einwanderungsbehörde herrschte Hochbetrieb. Michael reihte sich in eine der Menschenschlangen ein und beobachtete das Geschehen vor ihm. Jedem Einreisenden wurden Fingerabdrücke abgenommen und die Iris fotografiert.

«Step back», schrie der Beamte, weil er zu nahe an die Frau vor ihm am Schalter aufgeschlossen war.

Endlich kam er an die Reihe. Er liess das Prozedere über sich ergehen und beantwortete gelassen die

Standardfragen, auch wenn ihm die Befragung wie ein Verhör vorkam. Schliesslich wollte der Beamte wissen, ob er alleine einreise. Er verneinte und deutete auf Morgenthaler hinter ihm.

Der füllige Beamte musterte diesen missmutig. Dann in einem fast schon freundlichen Ton: «Thank you.»

Er war erleichtert, als ihm der Beamte den gestempelten Pass zurückgab.

Ob es im Flughafen auch eine Raucher-Lounge gebe, wollte Michael von dem Beamten wissen.

Rauchen sei in Illinois in öffentlichen Räumen grundsätzlich verboten, meinte dieser unwirsch. Wenn er unbedingt rauchen müsse, könne er dies ausserhalb des Terminals tun, jedoch mindestens sechs Fuss vom Ausgang entfernt.

«Warum hörst du nicht mit dem Rauchen auf?», sagte Morgenthaler, als sie das Terminal verlassen hatten und Michael sich eine Zigarette anzündete.

«Jetzt fängst du auch noch damit an», erwiderte Michael. «Das hat mir kürzlich schon mein Vater gesagt.»

Es war zwei Uhr am Nachmittag, als sie im Hotel unweit des Hancock Centers eincheckten. Michael beschloss, den freien Nachmittag für einen Stadtrundgang zu nutzen. Morgenthaler wollte den ‹Water Tower Place›, eines der grössten Einkaufszentren in Chicago, besuchen. Michael war froh darüber, denn er hatte keine Lust, den Nachmittag mit Morgenthaler zu verbringen. Er kam ihm immer etwas suspekt vor, sah in ihm den Opportunisten, der vor nichts zurückschreckte, wenn es um seine eigene Karriere ging. Darüber hinaus hatte er überhaupt keine Lust, ein Einkaufszentrum zu besuchen.

Er verliess das Hotel und erreichte in wenigen Gehminuten das Hancock Center. Dieses sollte er unbedingt besuchen, meinte der Concierge im Hotel, denn dort auf dem 94sten Stockwerk des Wolkenkratzers befände sich die Aussichtsplattform ‹360 Chicago›, die einen beeindruckenden Rundblick auf die Stadt biete. Michael nahm es in Kauf, vor einem der Lifte anstehen zu müssen und die üblichen Sicherheits-Checks über sich ergehen zu lassen. Ihm fiel auf, wie geduldig und ohne Stress die Leute anstanden. Amerikaner eben, dachte er.

Bei einem Sturm würde der Turm zuoberst einen Meter hin und her schwanken, sagte der in der Warteschlange vor ihm stehende Mann zu seiner Begleiterin. Doch dies sei, wenn man sich im obersten Stockwerk befinde, überhaupt nicht wahrnehmbar. Michael konnte sich dies nicht vorstellen.

Als er endlich im Lift stand und der sich in Bewegung setzte, spürte er einen starken Druck in den Ohren. Kein Wunder, bei einer Geschwindigkeit von 33 Kilometern pro Stunde, wie er auf der Info-Tafel gelesen hatte.

Der Rundblick aus 300 Metern Höhe über dem Michigan-See und auf die Chicagoer Innenstadt war wirklich einmalig. Wie gross der Michigan-See sein muss! Jedenfalls konnte er das gegenüberliegende Ufer nicht erkennen. Er blickte auf das Seeufer hinunter. Dort unten am Lake Shore essen zu gehen, das wäre was, dachte er.

Nach dem Rundgang auf der Aussichtsplattform besuchte er die Bar und bestellte einen Bourbon-Whiskey.

«How do you do?»

Er drehte sich überrascht um und blickte in das lockenumrahmte Gesicht einer jungen Frau in einem kurzen, engen Kleid. Sie machte einen Schritt auf ihn zu und lächelte.

«I'm fine, thank you», antwortete er etwas unsicher.

Ob er ihr einen Drink offerieren würde, wollte sie wissen.

Michael lehnte ab, obwohl er auch ein gewisses Interesse verspürte, die junge Frau kennenzulernen. Er wendete sich wieder seinem Whiskey zu, nahm einen Schluck und schon war die junge Frau verschwunden.

Er verliess das Hancock Center und schlenderte die Michigan Avenue hinunter, die, wie er vermutete, wegen der unzähligen Luxusgeschäfte auch Magnificant Mile genannt wurde. Er passierte den historischen Wasserturm, der neben den Wolkenkratzern so klein und unbedeutend wirkte. Ihm fielen die ‹Keine Waffen›-Aufkleber an den Eingangstüren mancher Geschäfte auf. Eigentlich nicht verwunderlich, dachte er, wenn man weiss, dass das verdeckte Tragen von Schusswaffen im Staat Illinois erlaubt war. Er erschrak immer wieder, wenn ein Polizeifahrzeug mit jaulender Alarmsirene vorbeiraste.

Beim Wrigley-Building kamen ihm die länglichen Kaugummiplättchen in den Sinn, die während seiner

Schulzeit gefragt waren. Fünf solcher Plättchen steckten in einer Packung, daran konnte er sich noch gut erinnern.

Kaugummikauen war während des Unterrichts strengstens verboten, und manch einer klebte den Kaugummi unter das Pult, wenn der Lehrer das Schulzimmer betrat.

Michael erreichte die Zugbrücke über den Chicago River, die, wie er gelesen hatte, nur noch zu bestimmten Zeiten hochgezogen wurde. Überrascht war er von der Sauberkeit des Stadtzentrums. Er blieb immer wieder stehen und blickte an den Wolkenkratzern hoch. Architektonisch so interessant hatte er sich Chicagos Innenstadt nicht vorgestellt. Er überlegte sich, ob er zu Fuss zum Lake Shore gehen sollte, winkte dann doch ein Taxi herbei.

«Wohin?», wollte der Taxifahrer wissen, während er seine Baseball-Mütze zurechtrückte.

«Zum Lake Shore», sagte er, worauf der Taxifahrer hörbar grinste. Kaum war er losgefahren, blieben sie im Stau stecken. Er musste es gewusst haben, anders konnte er sich sein Grinsen nicht erklären. Im Schritttempo ging es weiter. Schliesslich erreichten sie den Lake Shore Drive, die Strasse entlang dem Seeufer. Der Taxifahrer hielt an. Das sei das Navy Pier, Chicagos Vergnügungsmeile, sagte er.

Michael verliess das Taxi bei einer hafenähnlichen Anlage. Der Michigan-See glänzte im Licht der flach einstrahlenden Abendsonne. Jogger und Jugendliche auf Skateboards schlängelten sich an den Passanten vorbei. Eine Micky-Maus-Figur verteilte Flugblätter für eine

Filmvorführung. Souvenirläden reihten sich an Fast-Food-Restaurants, dahinter ein langsam drehendes Riesenrad, das immer wieder die Farbe wechselte.

Michael lief den Pier entlang und entschied sich für ein Restaurant beim Seeufer. Er setzte sich an einen freien Tisch und studierte die mit ‹Food and Drinks› beschriftete Karte. Kaum hatte er sich eine Zigarette angesteckt, als ein Kellner angerannt kam und ihn wissen liess, dass Rauchen nicht erlaubt sei.

Michael nutzte die Gelegenheit und orderte Frites, gegrillten Fisch und Salat.

Es waren kaum zehn Minuten vergangen, als der Kellner neben ihm stand und ein schuhkartonähnliches Behältnis auf den Tisch stellte. Aus einer Kartonschachtel hatte er bisher noch nie gegessen. So etwas gibt es eben nur im Land der unbegrenzten Möglichkeiten, dachte er. Alles in ein und demselben Behältnis serviert zu bekommen, hatte auch Vorteile, weil man nicht gezwungen war, das Bestellte in einer bestimmten Reihenfolge zu verzehren. Selbst der kalifornische Weisswein aus dem Pappbecher schmeckte nicht schlecht.

8

Er sass noch mit Morgenthaler beim Frühstück, als der Hotel-Concierge auf sie zukam und ihnen mitteilte, dass der Firmenwagen von Fexter draussen bereitstehe.

Nach knapp einer Stunde Fahrt auf der vierspurigen Autobahn erreichten sie Deerfield und schliesslich das Firmengelände von Fexter.

Beim Empfang wurden sie gleich fotografiert. Und schon waren die mit einem Band versehenen Ausweise fertig, die sie sich wie angewiesen um den Hals hängten.

Ein Mann mit einem überschwänglich lachenden Gesicht kam auf sie zu. «Hi, ich bin Randy Fowler, Human Resources Manager. Willkommen bei Fexter.»

Der CEO wünsche ihnen einen angenehmen Aufenthalt. Er liesse sich entschuldigen, weil er gerade auf einer Geschäftsreise unterwegs sei.

Nach einer kurzen Orientierung über Zahlen und Fakten folgte ein Rundgang durch die Firma. Sie betraten ein Grossraumbüro mit unzähligen Zellenbüros oder sogenannten Office Cubicles. So etwas hatte Michael noch nie gesehen, eine Arbeitskabine neben der andern, die auch als Sixpacks bezeichnet wurden, weil sie etwa sechs mal sechs Fuss gross waren. Er beobachtete die Mitarbeitenden in den engen Arbeitszellen. Die meisten arbeiteten am PC, andere waren am Telefon. In so einem Zellenbüro zu arbeiten, nein, das konnte er sich nicht vorstellen.

Beim Mittagessen in der Firmenkantine sprach Randy Fowler über seinen Aufenthalt in der Schweiz.

«Switzerland is a very beautiful country», sagte er, während er gleichzeitig mit dem Kopf nickte.

Ob er ferienhalber in der Schweiz gewesen sei, wollte Morgenthaler wissen.

Nein, entgegnete Randy, er habe dort vor zwei Jahren eine Klinik besucht. Er erzählte von seiner ersten Ehe, und dass er sich nach dem dritten Kind habe sterilisieren lassen. Doch nun, da er zum zweiten Mal verheiratet sei und seine Frau sich nichts sehnlicher als ein Kind wünsche, habe er sich entschieden, die Sterilisation rückgängig zu machen. Und da habe man ihm eine Klinik in der Schweiz empfohlen, die auf die Refertilisierung beim Mann spezialisiert sei. So sei er in die Schweiz gereist. Alles sei nach Wunsch verlaufen. Seine Frau Sandy sei nun im achten Monat schwanger.

«How do you like Chicago?», fragte Randy unvermittelt.

Michael wusste, dass es auf eine solche Frage nur eine richtige Antwort gab: «It's beautiful.»

In den zwei folgenden Tagen besuchte Michael die Entwicklungsabteilung und sprach mit den beiden Patentanwälten, die ihn mit gewissen Einschränkungen über die neuesten Entwicklungen informierten. Morgenthaler verschaffte sich einen Einblick in die finanziellen Belange des Unternehmens und war nach Abschluss der Gespräche mit dem Finanzchef zum Mittagessen verabredet.

Michael wollte die Gelegenheit nutzen und mit der Schnellbahn nach Chicago zurückfahren. Dies in der Absicht, sich ein Bild von der Umgebung rund um Deerfield und Chicago zu machen.

Das sei keine gute Idee, meinte Randy Fowler. Nach längerem Insistieren liess ihn Randy wissen, dass die Bahn eigentlich ein Transportmittel für die Lower Class, die Unterschicht sei. Er könne ihn gerne auf der Landstrasse für etwas Sightseeing nach Chicago fahren.

Viel Interessantes gab es jedoch nicht zu sehen, wie sich Michael eingestehen musste. Deerfield war ein Vorort von Chicago und keine Stadt im eigentlichen Sinne. Es gab einige Industriebauten, ein Shoppingcenter und viele typisch amerikanische Einfamilienhäuser. Ihm kamen diese Einfamilienhausquartiere zwischen Deerfield und Chicago mit den leer gefegten Strassen und Vorgärten fremd und steril vor. Zwar sah er über manchen Garagentoren den fast schon obligaten Basketballkorb, doch Kinder waren weit und breit keine zu sehen. Es sei unüblich, ja sogar verboten, Kinder unbeaufsichtigt im Freien spielen zu lassen, und dies gelte auch für den eigenen Vorgarten, meinte Randy, als Michael ihn darauf ansprach.

Dass die Amerikaner überall Gefahren für ihre Kinder witterten, davon hatte er schon gehört, hatte es jedoch für anti-amerikanisches Geschwätz gehalten. Erst jetzt wurde ihm bewusst, wie unterschiedlich die Europäer und US-Amerikaner waren. Bei seinem letzten Besuch in den USA war ihm dies noch nicht so deutlich aufgefallen.

Michael ging gleich auf sein Zimmer, nachdem er sich vor dem Hotel von Randy verabschiedet hatte. Er hängte sein Jackett über die Stuhllehne und zog Krawatte und Schuhe aus. Dann legte er sich aufs Bett, griff nach dem Smartphone und rief Maria an. Er blickte auf seine Armbanduhr und realisierte erst jetzt, dass es in der Schweiz bereits 23 Uhr war. Er liess es trotzdem klingeln, weil Maria um diese Uhrzeit meist noch nicht schlief.

«Michael?», hörte er Marias sanfte Stimme. «Wie geht es dir?»

«Gut. Habe ich dich geweckt?»

Sie verneinte, worauf Michael von seinen Erlebnissen in Chicago erzählte.

«Und bei dir? Alles in Ordnung?»

Eben seien ihrer Kindergartengruppe drei neue Kinder zugewiesen worden. Zwei Mädchen aus Syrien und ein Junge aus Afghanistan. Es sei nicht einfach, weil alle drei erst kürzlich in die Schweiz gekommen seien und kaum ein Wort Deutsch verstünden. Doch das sei nicht das eigentliche Problem. Eines der Mädchen stamme aus Aleppo und sei stark traumatisiert. Gestern hätten sie sich bei dem schönen Wetter draussen vor dem Kindergarten aufgehalten. Als ein Flugzeug über ihre Köpfe hinweggeflogen sei, habe das kleine Mädchen aus Syrien zu weinen begonnen und sei verängstigt ins Haus gerannt. Es muss Schreckliches erlebt haben, vor allem Bombardierungen.

Maria hielt inne. Dann nach einer Weile: «Ich vermisse dich. Lass mich wissen, wann du hier ankommst. Ich werde dich am Flughafen abholen.»

«Wunderbar, Maria, gute Nacht. Ich küsse dich.»

9

Als das 11-Uhr-Geläut einsetzte, dachte er an seinen Aufenthalt in Chicago. Nein, in den USA könnte er nicht leben. Auch wenn der Lebensstil in Europa nach dem Zweiten Weltkrieg stark von dem der USA geprägt wurde, gab es doch nach wie vor grosse Unterschiede, die er zu schätzen wusste.

Michael erreichte das Strassencafé, das für die kühlere Jahreszeit eingerichtet war. Über den Stuhllehnen hingen Wolldecken, die Michael an Schweizer Armeedecken erinnerten. Er war immer wieder erstaunt, wie viele Restaurants und Cafés Tische und Stühle auch in der Winterzeit draussen aufgestellt hatten. Ob dies mit dem Rauchverbot zu tun hatte? Oder war es ein Modetrend?

Er setzte sich an den letzten freien Tisch und bestellte einen Milchkaffee. Michael liebte dieses Restaurant in Flussnähe und genoss den Blick auf die verschachtelte Altstadt am gegenüberliegenden Ufer. Schmale und hohe Häuser reihten sich an behäbige Bürgerhäuser. Eben trat die flach einstrahlende Sonne hinter dem Kirchturm hervor und liess die Umgebung in einem gleissenden Licht erscheinen. Er beobachtete die Passanten auf dem

Gehsteig. Die einen, die mit strenger Miene zielbewusst voranschritten, und andere wiederum, die gemächlich vorbeischlenderten. Eine Mutter mit Kinderwagen ging leicht nach vorne gebeugt vorbei und sprach mit strahlendem Gesicht in den Wagen hinein. Dann junge Frauen, die sich angeregt unterhielten und zwischendurch immer wieder kicherten. Ein jüngeres Paar näherte sich, blieb stehen und setzte sich an einen eben frei gewordenen Tisch in die Nähe des Restaurant-Eingangs. Michael kam die junge Frau mit ihren langen, rotblonden Haaren bekannt vor. Woher kannte er sie bloss? Bildete er sich das nur ein? Zu weit weg war sie, als dass er ihre Gesichtszüge erkennen konnte. Er beschloss, möglichst unauffällig die Toilette aufzusuchen. Als er bei ihrem Tisch vorbeikam, fiel es ihm plötzlich ein: Es war Hanna. Sie schien ihn nicht bemerkt zu haben, weil sie sich mit ihrem Begleiter unterhielt. Sollte er sie ansprechen? Er liess es bleiben, betrat stattdessen das Restaurant. Als er in der Toilette in den Spiegel blickte, fragte er sich, ob Hanna ihn noch erkennen würde. Das Haupthaar war weniger dicht als damals und auch kürzer geschnitten. Zudem lag es sicher über zehn Jahre zurück, seit er Hanna im Café vor dem Kollegiengebäude der Uni zum ersten Mal begegnet war. Er hatte sich mit einem Studienkollegen über den neuen Dozenten unterhalten, der zuvor seine erste Vorlesung über Spezifika des Schweizer Strafrechts gehalten hatte. Daran konnte er sich noch gut erinnern. Dann kam Hanna mit einer Tasse Kaffee in der Hand, setzte sich an einen freien Tisch und begann in einem Buch zu blättern, das sie ihrer Tasche entnommen hatte. Ihre rotblonden

Haare trug sie auch damals offen. Sie musste bemerkt haben, dass er sie ansah. Jedenfalls blickte sie auf und lächelte ihm zu.

Als er damals ein paar Tage später das Café erneut besuchte, sass Hanna an demselben Tisch. Er setzte sich zu ihr – nichts Aussergewöhnliches, schliesslich waren sie Kommilitonen. Sie studiere im fünften Semester Geschichte, sagte sie, und war überrascht, dass er Jus studiere. Ein Jus-Studium, nein, das könne sie sich nicht vorstellen, auch wenn die Berufsaussichten vielversprechend seien. Sie hatte so ihre Klischee-Vorstellung, dass Leute, die Jus studierten, vor allem Karriere und Geldverdienen im Auge hätten. Michael erinnerte sich an das Gespräch über Sinn und Zweck der verschiedenen Studienrichtungen und Hannas Meinung, dass mit der Bologna-Reform die Ökonomisierung des Studiums nach amerikanischem Muster eingeleitet werde. Ja, das war Hanna, in die er sich trotz unterschiedlicher Auffassungen verliebt hatte. Über ein Jahr waren sie zusammen. Er fragte sich, ob er einen anderen Lebensweg eigeschlagen hätte, wenn sie zusammengeblieben wären. Wenn Hanna sich nicht entschieden hätte, ein Semester an der Humboldt-Universität in Berlin zu studieren, wo sie einen Berliner Studenten kennenlernte. Wäre er trotzdem Unternehmensjurist geworden? Hätte er sein Juristenlatein für idealere Zwecke eingesetzt, für Greenpeace etwa? Und die Attikawohnung, das Segelboot und den Porsche Cayenne? Hätte er darauf verzichten können?

Das Geräusch der sich öffnenden Toilettentüre holte Michael in die Gegenwart zurück. Er verliess die Toilette, stieg die Treppe hoch und überlegte sich, ob er Hanna ansprechen sollte. Wenn sie alleine wäre, warum nicht. Was, wenn ihr Begleiter ihr Freund aus Berlin oder inzwischen gar ihr Ehemann wäre? Als er wieder vor das Restaurant trat, waren Hanna und ihr Begleiter bereits gegangen. Er war erleichtert und auch etwas enttäuscht. Zu gerne hätte er erfahren, wie Hanna heute lebte.

Michael trank den Kaffee aus und bezahlte. Er schlenderte am Flussufer entlang und erreichte schliesslich die See-Promenade. Dort steuerte er auf das See-Restaurant zu, in dem er sich mit Mutter zum Mittagessen verabredet hatte. Maria wollte nicht mitkommen, weil sie der Meinung war, dass Gespräche mit den Eltern ohne Ehepartner meist ungezwungener verliefen. Recht hatte sie. Seit seine Eltern sich getrennt hatten, war es ohnehin schwierig genug, sich ungezwungen zu unterhalten.

Mutter sass an einem Tisch beim Fenster, als er das Restaurant betrat. Gut sah sie aus mit ihren grau melierten, hochgesteckten Haaren. Etwas blass im Gesicht, ja. Doch mit 64 noch immer eine attraktive Frau.

Mehr als einen Monat musste es her sein, seit er sie das letzte Mal getroffen hatte.

«Schön, dich zu sehen!», sagte er, während er sie in die Arme schloss.

Er zog sein Jackett aus, hängte es über die Stuhllehne und setzte sich.

«Weisst du, wen ich eben gesehen habe?»

«Nein, Michael, wie sollte ich.»

«Hanna.»

«Wirklich? Wie geht es ihr, hast du mit ihr gesprochen?»

«Nein, sie hat mich nicht erkannt und ich wollte sie nicht ansprechen.»

«Ich kann mich gut an Hanna erinnern, ein nettes Mädchen, wirklich, und hübsch dazu. Du hast damals sehr gelitten, als sie dich verlassen hat.»

Michael blickte auf den See, dessen Wellen sich in der Mittagssonne spiegelten. Vielleicht hätte er Hanna ansprechen sollen. Er wendete sich wieder seiner Mutter zu.

«Wie geht es dir, Mama?»

«Gut. Gestern wurde endlich der dringend benötigte Schrank geliefert. Nun bin ich in meiner Wohnung vollends eingerichtet.»

Michael fragte sich, wie Mutter nach der Trennung so alleine zurechtkomme, liess es dann doch bleiben, sie darauf anzusprechen. Als sie sich kurz umdrehte, weil ein Hund hinter ihr kläffte, fiel ihm die kleine kahle Stelle an ihrem Hinterkopf beim Haaransatz auf.

«Woher kommt die kahle Stelle an deinem Hinterkopf?»

«Ich wollte es dir nicht am Telefon sagen, Michael. Man hat bei mir Brustkrebs diagnostiziert. Die kahle Stelle ist eine Folge der Chemotherapie. Die Operation soll dann erfolgen, wenn sich der Tumor etwas zurückgebildet hat.»

«Warum hast du mir nichts gesagt! Ich bin doch dein Sohn. – Weiss Papa davon?»

«Nein. Ich war einfach nicht in der Lage, mit jemandem darüber zu sprechen, nachdem ich mich von Vater getrennt hatte. Irgendwie hatte ich auch Schuldgefühle. Das kannst du doch verstehen, oder?»

«Ach Mama», erwiderte Michael tief Luft holend. Er dachte an seine Kindheit zurück, an die Zeit, als er noch ein kleiner Junge war und Mutter ihn liebevoll umsorgt hatte. Wie bloss den Rollentausch vollziehen?

«Mach dir keine Sorgen, Michael. Ich fühle mich trotz der Chemo fit und munter. Das ist doch ein gutes Zeichen.»

Typisch Mama, dachte er. Sie hat sich immer zurückgenommen und sich um das Wohl der anderen gekümmert. Nein, er nahm es ihr nicht übel, dass sie sich von Vater getrennt hatte. Vielmehr fragte er sich, wie sie es all die Jahre mit ihm ausgehalten hatte. Er spürte eine Wut aufkommen, obwohl Vater ja nicht für den Brustkrebs der Mutter verantwortlich gemacht werden konnte.

Bei der Verabschiedung beschlich ihn eine Traurigkeit, als ob Mutter schon im Sterben läge. Er liess sich nichts anmerken und überwand sich, Mutter viel Mut und Kraft zuzusprechen.

10

Heute war nicht sein Tag. Weshalb wusste er selbst nicht. Ob er schlecht geträumt hatte? Missmutig betrat er das Bürogebäude. Die Rezeptionistin grüsste wie immer mit einem freundlichen Lächeln.

«Guten Morgen, Michael. Hast du das gelesen?», sagte ein Arbeitskollege, auf das Anschlagbrett neben dem Lift hindeutend.

«Was denn?», entgegnete er, während er in Richtung Anschlagbrett ging.

Er traute seinen Augen nicht, als er die Überschrift der Mitteilung las: «Zusammenführung der Schlatter AG und Fexter International Inc.»

Er spürte kalten Schweiss auf der Stirn, als er weiterlas:

‹Mit der Bündelung unserer Aktivitäten unter dem Dach der Fexter International Inc. schaffen wir die Voraussetzungen für effizientere Unternehmensstrukturen. Durch die Optimierung unserer Prozesse sowie durch ein einheitliches, transparentes Leistungsportfolio werden wir unsere Wettbewerbsfähigkeit nachhaltig verbessern. Gezeichnet Dr. Hansruedi Marty, CEO der Schlatter AG.›

«So ein Schuft!», entfuhr es ihm, nachdem er die Information am Anschlagbrett gelesen hatte. Der wird sich mit diesem Deal eine goldene Nase verdienen.

Sechs Monate waren seit seinem USA-Besuch vergangen, sechs Monate, ohne von Marty je ein Feedback über eine mögliche Kooperation mit Fexter erhalten zu haben. Dabei hatte er nach seiner Rückkehr aus den USA einen umfassenden Bericht für die Geschäftsleitung verfasst. Von einer Übernahme durch Fexter war nie die Rede. Und jetzt diese Mitteilung. Er kam sich verschaukelt vor. Sicher hatte auch Finanzchef Morgenthaler die Finger im Spiel.

Widerwillig ging er in sein Büro. Er zuckte zusammen, als die Tür aufging und seine Assistentin Erika im Türrahmen stand.

«Hast du davon gewusst?», fragte sie in einem vorwurfsvollen Ton.

«Nein. Wie sollte ich auch?»

«Du warst doch vor einem halben Jahr mit Finanzchef Morgenthaler bei Fexter in den USA. Habt ihr damals schon diesen Übernahme-Deal ausgeheckt?»

«Nein, Erika, ich bin selbst aus allen Wolken gefallen, als ich die Mitteilung vorhin gelesen habe. Damals ging es darum, Möglichkeiten einer Zusammenarbeit abzuklären. Von einer Fusion oder gar einer Übernahme war nie die Rede.»

Erika schürzte ihre roten Lippen. «Das bedeutet doch nichts anderes als Stellenabbau, oder?»

«Ich weiss es nicht», antwortete er nachdenklich. «Vermutlich schon, ja.»

Michael wendete sich seinem Laptop zu, worauf Erika sich in ihr Büro zurückzog. Er ärgerte sich, dass sie ihm Mitwisserschaft unterstellte oder gar annahm, dass er in diesen Übernahme-Deal involviert sei.

Ihm war klar, dass auch seine Stelle gefährdet war. Und dies, nachdem er mehr als fünf Jahre für das Unternehmen gearbeitet hatte. Er ärgerte sich insbesondere darüber, dass er so hintergangen worden war. Das konnte er nicht so einfach hinnehmen. Wahrscheinlich war es schon bei seinem Fexter-Besuch in den USA um die Übernahme gegangen, und nicht um eine Kooperation, wie ihm vorgegaukelt wurde.

Am Abend rief er Vater an, wollte von ihm wissen, was er von dieser Übernahme halte. Er könne darin nichts Unrechtmässiges erkennen, meinte er. Offensichtlich sei er damals nicht über die wahren Absichten der Unternehmensleitung informiert worden. Doch bei Übernahmeverhandlungen sei nun mal Geheimhaltung oberstes Gebot. Vater empfahl ihm einen Juristen, der sich im Arbeitsrecht auskenne – auch wenn er nicht glaubte, dass er rechtlich gegen die Geschäftsleitung vorgehen könne.

Michael hatte eben das Schnurlostelefon in die Basisstation gestellt, als Maria freudestrahlend die Wohnung betrat.

«Was ist los? Du siehst so düster aus.»

Er schwieg und schaltete den Fernseher ein.

Sie setzte sich ihm auf den Schoss. «Schlechte Laune heute?»

«Nein, Maria, lass mich bitte in Ruhe.»

Maria legte ihren Mantel ab, ging in die Küche und kam mit einem Glas Wasser zurück.

«Ein Glas Weisswein?», fragte er.

«Nein, heute nicht.»

«Warum nicht?»

«Überraschung …»

«Komm, sag schon.»

«Ich bin schwanger!»

Es dauerte eine Weile, bis Michael sich von seinen finsteren Gedanken befreien konnte.

«Grossartig, Maria. Wie lange weisst du es schon?»

«Ich habe heute Morgen einen Schwangerschaftstest gemacht, und der war positiv!»

Michael umarmte Maria und küsste sie leidenschaftlich. «Das ist eine wunderbare Nachricht. Mit solch positiven Nachrichten kann ich nicht aufwarten.»

«Was ist los? Komm, erzähl!»

«Heute haben wir erfahren, dass das US-Unternehmen Fexter unsere Firma übernehmen wird.»

«Fexter ist doch das Unternehmen, das du vor einem halben Jahr in Chicago besucht hast, oder?»

«Ja, Maria, so ist es. Man hat mich glauben lassen, dass es um eine mögliche Kooperation geht.»

«Glaubst du wirklich, dass es schon damals um eine Übernahme ging?»

«Ich denke schon. Ich war zu gutgläubig und hätte mir nicht vorstellen können, so hinters Licht geführt zu werden. Meine Assistentin nimmt an, dass ich in diesen Übernahmedeal verwickelt bin. Auch andere wissen, dass ich vor einem halben Jahr Fexter in Chicago besucht habe. Niemand wird mir glauben, von der Übernahme nichts gewusst zu haben.»

«Werden mit dieser Übernahme auch Stellen abgebaut?»

«Ist doch klar. Die Amerikaner haben ein Konkurrenzunternehmen aufgekauft, um dessen Markt zu erobern. Im besten Fall wird unsere Firma zu einer europäischen Vertriebsgesellschaft.»

«Vielleicht siehst du alles zu negativ. Deine Stelle ist nicht gefährdet, oder? Du bist Jurist, einen solchen werden sie auch in der Schweiz brauchen.»

«Überleg doch mal: Ich habe mich bisher um patentrechtliche Fragen gekümmert. Wenn die Entwicklung in die USA verlagert wird, und davon gehe ich aus, dann werde auch ich nicht mehr gebraucht.»

Er schenkte sich Weisswein nach. «Ich bin fast sicher, dass auch ich die Stelle verlieren werde. Was mich jedoch masslos ärgert, ist die Tatsache, dass nicht mit offenen Karten gespielt wurde. Bei meinem Besuch in den USA ging es doch lediglich darum, Möglichkeiten einer Kooperation mit Fexter auszuloten. Dies liess man mich zumindest glauben. Von einer Übernahme war nie die Rede.»

«Wirklich eine Schweinerei! Ich verstehe deinen Ärger. Doch ich erwarte ein Kind! Unser Leben wird sich grundlegend verändern, und es werden sich ganz neue Perspektiven eröffnen. Du wirst sicher wieder etwas finden … Wir schaffen das schon!»

«Du hast recht, Maria. Komm, lass uns anstossen. Ein Glas Weisswein wird dir auch während der Schwangerschaft nicht schaden.»

Er holte ein zweites Weissweinglas aus dem Schrank, füllte es und schenkte sich nach.

«Auf unser Kind!»

Als Michael am nächsten Morgen ins Büro kam, rief er sogleich Finanzchef Morgenthaler an.

Herr Morgenthaler sei in einer Sitzung, ob er zurückrufen könne, sagte dessen Assistentin.

Nein, antwortete er, er müsse mit Herrn Morgenthaler dringend etwas Persönliches besprechen. Wann Herr Morgenthaler denn von der Sitzung zurück sei.

«So gegen elf Uhr», meinte die Assistentin.

«Ok, dann bis um elf Uhr», sagte er und legte auf.

Er war immer darauf bedacht, sachlich zu bleiben. Doch als er Morgenthalers Büro betrat, war er ausser sich.

«Ich habe oft an deiner Integrität gezweifelt, Fritz, doch das hätte ich dir trotzdem nicht zugetraut!»

Morgenthaler blickte verdutzt von seinem Schreibtisch auf.

«Komm, setz dich. Was ist los?»

«Das fragst du noch?», antwortete Michael. «Ihr habt mich hinters Licht geführt, habt mich wie einen Idioten auflaufen lassen! Es war immer von einer Kooperation mit

Fexter die Rede, nie von einer Übernahme. Davon hast du sicher gewusst, als wir gemeinsam in den USA waren und Fexter besucht hatten.»

«Nein, Michael, da liegst du falsch. Auch ich habe wie alle anderen Mitarbeitenden erst gestern von der Übernahme erfahren. Nur wenige Personen hatten an den geheimen Verhandlungen mit Fexter teilgenommen, ich war nicht involviert. Über die Details wurden die Geschäftsleitungsmitglieder erst an der heutigen Sitzung von Geschäftsführer Marty ins Bild gesetzt.»

«Und dies nach der gestrigen Mitteilung?», fragte Michael konsterniert.

«Etwas ist schief gelaufen mit der Information», antwortete Morgenthaler. «Fexter hat eine entsprechende Pressemittelung früher als geplant veröffentlicht, weil unerwünschte Spekulanten von der Übernahme Wind bekommen haben, wie uns Marty heute sagte. Er will nun morgen die Belegschaft über die Details informieren.»

«Was für Details?»

«Die Mehrheitsaktionärin CleanInvest und ein Grossaktionär haben offenbar ihre Anteile Fexter angedient.»

«Und unser Verwaltungsrat hat dem Übernahmedeal zugestimmt, nachdem Fexter die Aktienmehrheit erlangt hatte?»

«So ist es, Michael. Ein leichtes Spiel, wenn man weiss, dass ein Vertreter von CleanInvest bei uns im Verwaltungsrat sitzt.»

«Und die Geschäftsleitung hat von all dem nichts gewusst?»

«Nein, ausser unser Geschäftsleiter Marty, der ja als Delegierter der Geschäftsleitung dem Verwaltungsrat angehört.»

Michael schwieg. Er betrachtete das Foto auf Morgenthalers Schreibtisch, das ihn mit einer attraktiven Frau und einem kleinen Jungen zeigte. Dann unvermittelt: «Tut mir leid, Fritz, dass ich dich verunglimpft habe. Ich dachte, dass du in diesen Deal verwickelt seist.»

«Schon gut. Ich möchte dich bitten, diese Details vertraulich zu behandeln.»

11

Es schien ein schöner Tag zu werden. Michael sass im Liegestuhl auf der Dachterrasse und beobachtete Maria, die damit beschäftigt war, Blumensetzlinge, die sie auf dem Markt gekauft hatte, in Töpfe zu pflanzen. Sie tat dies mit gestreckten Armen, weil ihr runder Bauch sie daran hinderte, näher an den Tisch heranzutreten. Er konnte sich nicht vorstellen, wie sich dies anfühlen musste. Vielleicht so, wie mit einem Blähbauch nach einer üppigen Mahlzeit? Jedenfalls fühlte sich ihr Bauch hart und aufgebläht an, wenn er ihn berührte. Er dachte an jenen Tag zurück, als Maria ihm mitgeteilt hatte, dass sie schwanger war. Das lag sieben Monate zurück. Es war eben auch der Tag, an dem er erfahren hatte, dass seine Firma verkauft worden war. Er erinnerte sich an die nachfolgende Mitarbeiterorientierung, bei der Geschäftsführer Marty die Belegschaft darüber informierte, dass das US-Unternehmen Fexter International seine Marktposition in Europa ausbauen und die akquirierte Schweizer Firma in eine Vertriebsgesellschaft umwandeln wolle. Ein Stellenabbau sei leider unvermeidlich, doch es würden im Marketing und Verkauf auch einige neue Stellen geschaffen. Kurz nach der Übernahme wurde die Entwicklungsabteilung und die noch verbleibende Fertigung geschlossen und infolgedessen auch Michaels Stelle gestrichen. In einer Vertriebsgesellschaft war ein Jurist, der sich um Patentrechte kümmerte, schlicht und einfach überflüssig. Nach drei Monaten wurde er freigestellt.

Michael ging ins Haus, füllte ein Glas mit Eiswürfeln, goss Ricard und dann Wasser darüber und betrachtete das Gemisch, das sich in eine milchig-gelbe Flüssigkeit verwandelte. Er setzte sich wieder in den Liegestuhl auf der Terrasse und beobachtete die Motorboote und Segelschiffe auf dem See. Ein Kursschiff tauchte auf, das auf den Hafen am gegenüberliegenden Ufer zusteuerte. Dort befand sich das See-Restaurant, das sie hin und wieder mit dem Segelboot besucht hatten. Ein Treffpunkt für Segler, wo zuweilen ausgiebig gegessen und getrunken wurde. Michael erinnerte sich an den Abend, als er nach einigen Ricards im Bootshafen ein anderes Segelboot gerammt hatte. Zum Glück war der Besitzer des beschädigten Bootes ein guter Bekannter, mit dem er alles einvernehmlich regeln konnte. Ja, es war eine schöne Zeit, eine Zeit, die er nicht missen wollte. Doch dies war nun vorbei. Das Segelboot hatte er letzten Monat verkauft. Er sah die Segelschiffe, die dessen ungeachtet vorbeizogen. Nein, er hätte es sich nie vorstellen können, selbst einmal arbeitslos zu sein.

«Woran denkst du gerade?», fragte Maria.

«An nichts», erwiderte er schroff.

«Komm, sag schon! Man kann nicht an nichts denken.»

«Ich habe eben an jenen Anwalt gedacht, den mir Vater empfohlen hatte. Vielleicht hätte ich das Angebot annehmen und in dessen Kanzlei das Anwaltspraktikum machen sollen.» Er nahm einen der Kekse aus der Schale, die Maria auf den Tisch gestellt hatte.

«Du fandest ihn doch äusserst unsympathisch!» Maria strich über ihren runden Bauch, während sie sprach.

«Nun, ja. Ich hatte den Eindruck, dass er mich als billige Arbeitskraft gewinnen wollte. In meinem Alter als erfahrener Jurist für einen Hungerlohn zu arbeiten, nur um das Anwaltspatent zu erwerben, da war mir der Preis zu hoch. Zudem vertrat er eine Klientel, die ich nicht verteidigen möchte.»

«Was für eine Klientel denn?»

«Er ist Anwalt für Wirtschafts- und Vermögensrecht. Du kannst dir sicher vorstellen, was für Leute er vertritt.»

«Eigentlich nicht überraschend, dass dir dein Vater diesen Juristen empfohlen hatte.»

Michael schwieg, weil er sich über Marias bissige Bemerkung ärgerte, obwohl sie recht hatte. Er dachte an den Juristen, den ihm Eric empfohlen hatte. Ein junger Anwalt, der in einer Kanzlei des Anwaltskollektivs arbeitete. Es seien übrigens nicht alles linke Weltverbesserer, die beim Anwaltskollektiv arbeiten, meinte Eric damals, sondern einfach Leute, die sich darum kümmern, dass auch weniger gut Betuchte zu ihrem Recht kommen. Möglich, dass er dort ein Anwaltspraktikum machen könne.

Doch mit Maria wollte er erst darüber reden, wenn er mit dem Anwalt gesprochen hatte. Sie war ohnehin mit ihrer Schwangerschaft beschäftigt. Nichts schien sie wirklich zu belasten. Auch der geplante Umzug in eine kleinere Wohnung nicht, für die sie sich nach seiner Entlassung entschieden hatten. ‹Wir werden schon zurechtkommen›, war meist ihre Antwort.

Natürlich freute er sich auf das lang ersehnte Kind, doch deswegen alles andere auszublenden, schien ihm realitätsfern.

«Wir müssen gehen», sagte Maria. «Ich werde mich noch schnell umziehen.»

Michael parkte den Wagen auf dem Parkplatz, der ihnen für die neue Wohnung zugewiesen wurde. Er blickte an dem Wohnblock mit sechs Stockwerken hoch, in dem sie im zweiten Stock eine Wohnung gemietet hatten. Äusserst hässlich fand er die Parabolspiegel, die an einigen Balkonen montiert waren.

Noch gab es ein paar Details, die mit dem Vermieter besprochen werden mussten, wie etwa die Benutzung der Waschmaschine im Untergeschoss oder Einschränkungen im Zusammenhang mit der geplanten Renovation des Treppenhauses.

Nachdem alles geklärt war, verabschiedete sich der Vermieter und wünschte ihnen mit Blick auf Marias Bauch alles Gute.

«Da können wir das Kinderbett hinstellen», sagte Maria, als sie das kleine Zimmer betreten hatten.

«Ist schon eng, die Wohnung, findest du nicht?», sagte Michael.

«Sicher, sie ist ja auch nur halb so gross wie unsere Attikawohnung. Dafür bezahlen wir nicht einmal die Hälfte. Wir werden schon zurechtkommen.»

Wehmütig dachte Michael an die Dachterrasse der Attikawohnung, während er den kleinen Balkon betrat. Wenn er sich auf die Zehenspitzen stellte, konnte er ein kleines Stück vom See sehen. Den ovalen Granittisch, den sie auf der Dachterrasse benutzt hatten, würden sie nicht aufstellen können, dafür war der Balkon zu klein. Schon gar nicht zu reden von den zwei grossen Töpfen mit den Buchsbäumen. Er konnte sich das Leben in der kleinen Wohnung nicht vorstellen. Doch es gab keine andere Möglichkeit, als sich einzuschränken, nachdem er arbeitslos geworden war und Maria ihre Anstellung als Kindergärtnerin vor einem Monat wegen der Schwangerschaft aufgegeben hatte.

Er spürte, dass er sich neu orientieren musste. Wieder als Unternehmensjurist zu arbeiten, nein, das wollte er nicht. Auch wenn er manchmal wehmütig an seine Arbeit auf der Bel Etage zurückdachte. Er vermisste den geregelten Tagesablauf. Seit er arbeitslos war, stand er gegen acht Uhr auf, las die Tageszeitung beim Frühstück, oft auch Beiträge zu Themen, die ihn im Grunde genommen nicht wirklich interessierten. Danach setzte er sich an den Computer, googelte etwas, worüber er zuvor gelesen hatte.

Damals, als er noch angestellt war, träumte er davon, was er alles tun würde, wenn er nicht arbeiten müsste. Und jetzt, wo ihm all die freie Zeit zur Verfügung stand, konnte er nichts damit anfangen, fühlte sich leer und gelangweilt.

«Gehen wir?», hörte er Maria sagen.

Als sie wieder in ihrer Attikawohnung anlangten, hatte Michael Lust auf Sex. Doch Maria war dafür nicht zu haben. Das sei in ihrem Zustand sicher nicht gut und könne dem Kind schaden, meinte sie. Für ihn hingegen war ihr Bauch keine Hemmschwelle.

12

Der Weg war steil. Michael hielt an und setzte sich auf einen Stein am Wegesrand. Er blickte ins Tal hinunter, sah die Bauernhöfe, die sich harmonisch in die Voralpenlandschaft einfügten. Demgegenüber wirkte der Golfplatz am Talausgang wie ein Fremdkörper. Wie es möglich war, mitten in der Landwirtschaftszone einen Golfplatz zu bauen, war ihm schleierhaft. Der Bauer wird sich mit dem Landverkauf eine goldene Nase verdient haben.

Nein, er hatte nichts gegen Golf, war er noch bis vor Kurzem selbst auf Golfplätzen anzutreffen gewesen. Doch als Arbeitsloser würde er sich unter den Golfern, die auf ihn schon immer etwas abgehoben wirkten, kaum wohlfühlen. Vater konnte das nicht verstehen. Wie sollte er auch.

Dass er in letzter Zeit vermehrt auf Wanderungen in den Bergen unterwegs war, hatte er seinem Arzt zu verdanken.

‹Rausgehen, in die Natur›, hatte er ihm empfohlen, damals, als er nach der Entlassung in eine depressive Stimmung verfiel. Nicht nur der Stellenverlust belastete ihn, sondern auch die Trennung seiner Eltern. Er fragte sich, ob die beiden sich je verstanden hatten, so unterschiedlich wie sie waren. Vater war ein eingefleischter Geschäftsmann, Mutter hingegen eher der musische Typ. Sie sorgte dafür, dass ein Klavier angeschafft wurde und er Unterricht nehmen konnte. Ihren Lehrerberuf hatte sie nach der Niederkunft aufgegeben, um sich voll und ganz ihrer neuen Rolle als Mutter zu widmen, wie dies damals noch üblich war. Daneben engagierte sie sich in einem Lesezirkel und spielte hin und wieder in einem Kammerorchester Cello.

Mutter stand ihm näher, dessen wurde er sich nach der Trennung so richtig bewusst. Seit er von ihrer Brustkrebserkrankung wusste, fühlte er sich noch enger mit ihr verbunden. Vater hingegen fand er mit seiner ausgeprägten Egozentrik manchmal unerträglich. Nein, Vater war für ihn kein Vorbild mehr. Zu lange stand er unter seinem Einfluss, hatte auf seinen Wunsch hin Jura studiert und als Unternehmensjurist einen Berufsweg eingeschlagen, der letztlich doch nicht seinen Vorstellungen entsprach.

Michael wischte sich den Schweiss von der Stirn, ging weiter über einen schmalen Steg und überquerte einen rauschenden Wildbach.

Er dachte an Maria. Ob sie gerade im Kinderzimmer damit beschäftig war, alles bereitzustellen, denn der Geburtstermin rückte immer näher. Noch drei oder vier Wochen, er war sich nicht mehr ganz sicher. Vielleicht war sie auch dabei, die letzten Kleinigkeiten aus den Umzugsschachteln auszupacken, die noch herumstanden, nachdem sie vergangene Woche die neue Wohnung bezogen hatten. Einige Einrichtungsgegenstände hatten sie einem Altmöbelhändler übergeben, weil dafür in der neuen Wohnung schlicht und einfach der Platz fehlte. Doch auf das Klavier, das ihm seine Eltern überlassen hatten, wollte er nicht verzichten, obwohl er schon lange nicht mehr gespielt hatte. Nun stand das Klavier im Schlafzimmer der neuen Wohnung.

Ein angenehm kühler Wind wehte vom Tal herauf, als Michael den Berggipfel erreichte. Er zog die Sportjacke an, die er auf den Rucksack geschnallt hatte, und setzte sich auf die Steinplatten unter dem Gipfelkreuz. Er hatte den Rucksack kaum geöffnet, als sich die ersten Bergdohlen neben ihm niederliessen. Einige kreisten über ihm ohne Flügelschlag, segelten im Aufwind mit einer beeindruckenden Leichtigkeit.

Er stellte sich vor, wie es sein müsste, einmal mit seinem Kind in den Bergen unterwegs zu sein. Wie sie gemeinsam die Vögel bei ihrem Flug beobachten würden oder bei ihrer Landung, wenn sie die hingeworfenen Brotstücke aufpickten.

Ob es ein Junge oder ein Mädchen sein wird? Noch war alles offen, weil Maria ihrem Arzt sagte, dass sie es nicht vor der Geburt wissen wolle. Wenn er wählen könnte, würde er sich für einen Jungen entscheiden.

13

‹Anwaltskanzlei Pfister und Partner› las Michael auf der Orientierungstafel im Aufzug. Er drückte den Knopf für das dritte Stockwerk und blickte noch kurz in den Spiegel neben der Orientierungstafel, bevor er den Aufzug verliess. Der Empfang der Kanzlei mit den Zertifikaten an den Wänden erinnerte ihn an das Wartezimmer einer Arztpraxis. Die junge Frau am Empfangspult wies ihn an, kurz Platz zunehmen. Verschiedene Zeitschriften lagen auf. Michael nahm den Titel ‹Plädoyer› vom Regal. Er hatte sich eben in einen Beitrag vertieft, der sich mit der mangelnden Ausbildung von Anwaltspraktikanten befasste, als ein junger Mann in Jeans und T-Shirt vor ihm stand.

«Freut mich, Herr Baltensberger. Ich bin Martin Pfister, darf ich bitten?» Er geleitete Michael in ein eher kleines Büro, über dessen Schreibtisch das Anwaltspatent für Dr. iur Martin Pfister hing. Michael hatte sich die Kanzlei anders vorgestellt, gediegener irgendwie. Auch Anwalt Pfister wirkte auf ihn in seinen Jeans nicht wirklich seriös und mit seinem jugendlichen Aussehen unerfahren.

«Darf ich Ihnen einen Kaffee anbieten?»

«Gerne, danke.»

Anwalt Pfister verschwand im Nebenzimmer und kehrte kurz darauf mit zwei Tassen auf einem Tablett zurück.

Michael wunderte sich, dass Pfister nicht die Vorzimmerdame mit dem Kaffeeholen beauftragt hatte. Wahrscheinlich so üblich in einem Anwaltskollektiv, dachte er.

«Sie haben bei meiner Assistentin um einen Besprechungstermin gebeten. Womit kann ich Ihnen dienen?»

Michael sagte, dass sein Bekannter Eric Studer ihm die Kanzlei empfohlen habe.

«Ach ja, Eric, der Journalist», entgegnete Pfister. Der arbeitet doch heute für ein Online-Newsportal. Es ist ein Skandal, dass manche Zeitungsverlage mehr und mehr auf News-Plattformen setzen, und so dem Zeitungssterben Vorschub leisten. Entschuldigung, ich habe Sie unterbrochen.»

Michael ging nicht weiter auf das Thema Printmedien ein, sondern schilderte seine Situation. Er habe während seiner Arbeitslosigkeit viel nachgedacht und sei sich bewusst geworden, dass er sich beruflich neu orientieren müsse. Wieder als Unternehmensjurist zu arbeiten, könne er sich nicht vorstellen. Viel lieber würde er als Anwalt arbeiten und Leuten zu ihrem Recht verhelfen. Doch erst müsse er das Anwaltspatent erwerben. Vielleicht bestehe ja die Möglichkeit, beim Anwaltskollektiv ein Anwaltspraktikum zu absolvieren.

«Ich werde mich gerne umhören, Herr Baltensberger. Freut mich, dass Sie an ein Praktikum beim Anwaltskollektiv gedacht haben. Wir hatten in unserer Kanzlei auch schon Praktikanten. Ich kann jedoch nichts versprechen und möchte mich erst mit meinen Kolleginnen und Kollegen in unserer Kanzlei absprechen.»

Pfister sprach über die Voraussetzungen für den Erwerb des Anwaltspatents, auch über den geringen Lohn, mit dem er als Praktikant rechnen müsse. Dazu komme, dass die nachuniversitäre Ausbildung Einiges abverlange und die Durchfallquote bei Anwaltsprüfungen dementsprechend hoch sei.

Michael missfiel Anwalt Pfisters belehrender Ton, doch er liess sich nichts anmerken.

«Das klingt vielversprechend», sagte er stattdessen. «Hier sind meine Unterlagen. Für allfällige Fragen stehe ich Ihnen jederzeit gerne zur Verfügung. Vielen Dank für Ihre Zeit.»

Michael verliess die Kanzlei mit gemischten Gefühlen. Er war es nicht gewohnt, als Bittsteller aufzutreten und sich von einem jungen Schnösel belehren zu lassen. Andererseits fand er den jungen Anwalt, den er kaum 30 schätzte, in seiner lockeren Art nicht unsympathisch.

Gedankenverloren und aus lauter Gewohnheit fuhr er in Richtung der ehemaligen Attikawohnung, was er erst beim Rotlicht an der Kreuzung bemerkte. Er wendete den Wagen und fuhr in Richtung der neuen Wohnung.

Er war überrascht, als er die Wohnung betrat und Vater im Wohnzimmer zusammen mit Maria sitzen sah.

«Und? Wie ist das Gespräch in der Kanzlei verlaufen?», fragte Maria, als er sich zu ihnen setzte.

«Ganz gut. Anwalt Pfister will abklären, ob es eine Möglichkeit für ein Praktikum in ihrer Kanzlei gibt», meinte Michael.

«Und du, Papa, wie geht es dir?»

«Mir geht es gut, danke, doch Mutter ist seit gestern im Spital.»

«Wegen der Brustoperation?»

«Ja. Hoffen wir, dass alles gut geht. Sie hat in kurzer Zeit viel Gewicht verloren.»

Michael schwieg. Er betrachtete die Umzugsschachteln, die immer noch im Korridor standen. Er musterte Maria mit ihrem prallen Bauch. Und Vater, der, wie es ihm schien, verhalten auf dem Sofa sass. Nicht einmal das Jackett hatte er abgelegt. Wie er sich wohl fühlte, nachdem Mutter an Brustkrebs erkrankt war? War sie unglücklich und vielleicht deshalb an Krebs erkrankt? Nein, sagte er sich, sie wirkte nicht unglücklich, als er sie zuletzt gesehen hatte. Sie war voller Zuversicht und freute sich, Grossmutter zu werden. Natürlich war er erschrocken, weil sie so schwach und gebrechlich wirkte.

Er war erleichtert, als Vater sich verabschiedet hatte. Es fiel ihm schwer, mit ihm über Mutters Erkrankung zu sprechen. Warum musste Mutter gerade jetzt kurz vor Marias Niederkunft erkranken? Seine Existenzängste schienen ihm geradezu lächerlich, wenn er an Mutters Erkrankung dachte. Er ging auf den Balkon, zündete sich eine Zigarette an und blickte in den wolkenverhangenen Himmel. Der kühle Wind liess nach und schon fielen erste Regentropfen. Er drückte die Zigarette aus und begab sich in die Wohnung. Maria war inzwischen auf dem Sofa eingeschlafen. Er griff zum Telefon und rief Mutter im Spital an.

14

Die Hügelzüge waren weiss überzuckert von dem ersten Schnee, der in der Nacht gefallen war. Michael legte das Magazin über Säuglingspflege zurück ins Regal, stand auf und schaute auf die Uhr. Mehr als zwei Stunden waren vergangen, seit Maria für den Kaiserschnitt in den Operationssaal gefahren wurde. Wie gerne wäre er bei der Geburt dabei gewesen. Doch Komplikationen erforderten einen sofortigen Eingriff bei Vollnarkose. Er machte sich Sorgen. Ob er hinausgehen und eine Schwester fragen sollte, ob alles in Ordnung sei? Doch er liess es bleiben und setzte sich wieder. Er hörte Schritte vor dem Aufenthaltsraum. Endlich ist es soweit, sagte er sich. Die Schritte verhallten. Er stand abermals auf und ging im Zimmer auf und ab, blieb beim Fenster stehen und beobachtete die Leute, welche die Strassenbahn verliessen. Eine junge Frau, die eben ausgestiegen war, schob einen Kinderwagen vor sich hin und lief in Richtung Geburtsklinik. Sie hielt kurz an, beugte sich und schien in den Kinderwagen zu sprechen. Ein älterer Mann mit einem Hund an der Leine schaute sich um, als ob er nicht wüsste, in welche Richtung er gehen sollte. Dann lief er dem nahegelegenen Wald entgegen.

Michael erschrak, als die Tür aufging und eine Krankenschwester vor ihm stand.

«Kommen Sie, Herr Baltensberger, es ist alles gut verlaufen.»

«Und, was ist es, eine Junge oder ein Mädchen?», fragte Michael, ihr folgend.

«Ein Junge.»

Die Schwester führte ihn in die Neugeborenen-Station, ging zu einem Bettchen, nahm einen Säugling heraus und legte ihn Michael in den Arm.

«Mein Kind», sagte er freudestrahlend.

«Der Kleine ist kerngesund, wie erste Untersuchungen ergeben haben», meinte die Schwester.

«Der Mutter geht es auch gut. Sie können sie gerne sehen, sie ist eben aus der Narkose aufgewacht und wohl noch etwas benommen.»

Mit unsicheren Schritten und dem Baby im Arm lief er hinter der Schwester her. Er war erleichtert, als sie Maria in ihrem Zimmer erreichten und er ihr das Kind in den Arm legen konnte.

«Ist er nicht süss?», sagte Maria sichtlich gerührt.

«Ja», flüsterte er. «Er ist wundervoll. – Geht es dir gut?»

«Ja, ich bin einfach sehr müde.»

«Du wusstest, dass es ein Junge sein wird, oder?»

«Nun ja, obwohl der Arzt mir nichts gesagt hat, konnte ich auf dem letzten Ultraschall erkennen, dass es ein Junge ist.»

«Kommen Sie, Herr Baltensberger, ich zeige Ihnen, wie man das Baby wickelt.»

Michael folgte der Schwester bereitwillig ins Nebenzimmer. Der Kleine bewegte fortwährend die kleinen Arme, während die Schwester ihn wickelte.

Er staunte über die kleinen Fingerchen des Neugeborenen, die immer wieder etwas zu greifen versuchten. Er hielt ihm den Zeigefinger hin, den er reflexartig umklammerte.

Erst jetzt fiel ihm das Armbändchen auf, auf dem Rafael stand. Auf diesen Namen hatten sie sich geeinigt, falls es ein Junge sein würde.

Michael konnte sich nicht vorstellen, welche Rolle er als Vater einnehmen sollte, besonders jetzt, wo der Kleine noch so hilfsbedürftig und zerbrechlich war. Doch er war stolz und glücklich. Auch, weil es ein Junge war.

Er verabschiedete sich von Maria, verliess das Spital und parkte den Wagen bei der Bar, die er hin und wieder mit seinem Freund Eric nach Feierabend besuchte. An der Bar sass ein ihm unbekannter jüngerer Mann, der offenbar schon Einiges getrunken hatte. Nach einer anfänglich belanglosen Unterhaltung sagte der Unbekannte, dass ihn seine Frau eben verlassen habe, und dies wegen einer Affäre, die schon längst beendet sei. Er habe ja zugegeben, dass er einmal mit der Freundin seiner Frau geschlafen habe und sei sich bewusst, dass dies ein unverzeihlicher Fehler gewesen sei.

Michael wusste nicht, was er darauf hätte antworten sollen.

«Bist du verheiratet?», wollte der Bar-Nachbar wissen, der ihn gleich mit Du ansprach.

«Ja.»

«Und, bist du nie fremd gegangen?»

«Ich bin eben Vater geworden! Da ist das für mich wirklich kein Thema», sagte er stolz.

«Du bist Vater geworden? Darauf müssen wir anstossen!», sagte er und bestellte einen halben Liter Rotwein.

«Was ist es, ein Junge oder ein Mädchen?»

«Ein Junge.»

«Auf deinen Jungen!», sagte er immer wieder von Neuem, nachdem er Wein nachgeschenkt hatte.

Dann kam er erneut auf die Trennung zu sprechen. Was sollte Michael darauf antworten? Dass auch die Freundin seiner Frau mitschuldig sei, und er dies seiner Frau klarmachen sollte. Kann ja sein, dass ihn die Freundin seiner Frau provoziert hatte. Er erinnerte sich an Marias Freundin Andrea, die sich auch einmal sonderbar benommen hatte. Es war vor ein paar Jahren gewesen, als sie Andrea in Berlin besucht hatten. An jenem Abend sassen sie in Andreas Wohnzimmer, hörten Musik und unterhielten sich. Es ging gegen Mitternacht, als Maria sagte, dass sie schlafen gehe. Nachdem sie sich verbschiedet hatte, verliess auch Andrea den Raum und kam kurz danach im Slip und Büstenhalter zurück. Keine fünf Minuten waren vergangen, als plötzlich Maria wieder im Wohnzimmer stand. Ob sie etwas geahnt hatte? Was wäre passiert, wenn Maria nicht wieder aufgetaucht wäre? Hätte er der Versuchung widerstehen können? Eine absurde Situation, vor allem für Maria. Doch sie hatte sich schon am folgenden Tag wieder mit ihrer Freundin versöhnt, was ihn dann doch erstaunt hatte.

Sollte er die Geschichte dem jungen Mann neben ihm erzählen? Nein, sagte er sich, das wird sein Problem auch nicht lösen.

Nach dem dritten Glas Rotwein verliess Michael die Bar, weil er keine Lust hatte, sich weiter mit dem angetrunkenen Bar-Nachbarn zu unterhalten.

15

Michael kam sich komisch vor mit dem Kleinen in dem umgehängten Tragetuch. Zum Glück schlief er. Er wollte den Kleinen seiner Mutter vorstellen, die sich nach der Brustoperation noch immer im Spital aufhielt. Es war wieder einmal Marias Idee, dass er Mutter mit dem Kleinen im Tragetuch besuchen sollte. Maria hatte ihn gestillt, kurz bevor er das Haus verlassen hatte. Sie versicherte ihm, dass er während der nächsten zwei Stunden schlafen würde.

Er hatte den Eindruck, dass ihn die Leute in der Strassenbahn dauernd beobachteten. Auch wurde er angesprochen: «Wie süss, ein Mädchen?» Oder: «Das ist aber klein, wie alt ist es?»

Ihm war dies unangenehm. Er war erleichtert, als er die Strassenbahn verlassen konnte.

Ihm stieg der typische Desinfektionsgeruch in die Nase, als er das Krankenhaus betrat. Eine junge Krankenschwester, unter deren weisser Bekleidung Büstenhalter und Slip durchschienen, lief lächelnd an ihm vorbei.

Erst jetzt wurde ihm bewusst, dass er den Blumenstrauss in der Strassenbahn liegengelassen hatte.

Mutter teilte das Zimmer mit einer anderen Patientin, die zu schlafen schien.

Sie strahlte, als sie ihn kommen sah.

«Wie hübsch er ist», sagte sie, während sie sich aufrichtete, um den Kleinen im Tragetuch aus der Nähe zu betrachten.

Michael fiel ihr eingebundener Oberkörper auf, flach ohne die weiblichen Rundungen. Wie sich das für sie anfühlen musste? Ob bei der Operation nur das innere Brustgewebe entfernt wurde oder die beiden Brüste amputiert wurden? Das müsste ja grosse Wunden hinterlassen. Er konnte sich das nicht vorstellen, wollte jedoch Mutter nicht danach fragen.

«Warum weinst du, Mama?»

«Weil ich so glücklich bin, dass du einen eigenen Sohn hast.»

Michael stutzte. «Wie meinst du das? Kann man denn einen fremden Sohn haben?»

«Ach, lassen wir das, Michael, es ist mir einfach so rausgerutscht.»

«Was denn, Mama?»

«Ich möchte nicht darüber reden.»

«Komm, sag schon!»

«Ich kann nicht.»

«Warum nicht?»

«Weil es dich unglücklich machen könnte.»

«Was soll mich unglücklich machen?»

«Ach Michael», sagte sie seufzend, «Papa ist nicht dein leiblicher Vater.»

«Sag, dass das nicht wahr ist, Mama», erwiderte Michael aufgewühlt.

«Doch Michael, es ist so.»

«Wie das denn? Bin ich etwa ein Kuckuckskind?»

«Nein, es hat sich herausgestellt, dass dein Vater zeugungsunfähig ist, und so entschieden wir uns für eine Samenspende.»

«Und das habt ihr mir während all der Jahre verheimlicht! Wieso, Mama?», sagte Michael mit erregter Stimme.

Er betrachtete den Kleinen im Tragetuch, der aufgewacht war und zu weinen begann.

«Wir haben uns lange überlegt, ob wir es dir sagen sollten. Dagegen sprach, dass in der Schweiz bis 2001 die Samenspender nicht amtlich registriert wurden. Deshalb hat uns auch der Arzt dringend davon abgeraten, es dir zu sagen.»

«Verstehe ich nicht.»

«Heute werden alle Samenspender amtlich registriert. Ein durch eine Samenspende gezeugtes Kind hat heute das Recht, zu erfahren, wer sein biologischer Vater ist. Damals war das anders, weil die Samenspender anonym waren und keine Daten gespeichert wurden. Auch wenn wir es dir gesagt hätten, hättest du nicht herausfinden können, wer dein biologischer Vater ist. Diese grosse Enttäuschung wollten wir dir ersparen.»

«Ach Mama, wie konntest du mir das antun?»

«Tut mir wirklich leid, Michael. Doch es war an der Zeit, dir es nicht länger zu verheimlichen, jetzt, wo du selbst Vater geworden bist.»

«Ich muss gehen, Mama, der Kleine weint», sagte Michael verärgert.

«Lass mich dich umarmen und den Kleinen küssen.»

Michael beugte sich steif zu ihr hinunter, spürte ihre feuchten, tränenüberströmten Wangen. Dann drehte er sich abrupt um, lief an der Bettnachbarin vorbei, die ihn entgeistert ansah, und verliess das Spitalzimmer. Er war verärgert über Mutter, auch über den Kleinen, der zu schreien begann. Maria hatte ihn dazu überredet, ihn im Tragetuch mitzunehmen, obwohl er sich vehement dagegen gewehrt hatte. Er neigte seinen Kopf dem Säugling zu, streichelte ihn.

«Mein Kleiner, dich trifft keine Schuld», sagte er besänftigend. «Du hast Hunger, oder? Bald sind wir wieder zuhause.»

Auf dem Weg zur Strassenbahn drehte sich eine Frau mit vorwurfsvollem Blick um, als ob er dafür verantwortlich sei, dass der Kleine schrie. «Blöde Kuh», entfuhr es ihm.

In der Strassenbahn fragte ihn eine ältere Frau, was dem Kleinen fehle. Wahrscheinlich habe er Hunger, antwortete Michael unwirsch. Ob er denn keine Schoppenflasche dabei habe, wollte sie wissen. «Nein», antwortete er mit einem gereizten Unterton, während er den Kleinen im Tragetuch auf und ab wippte.

Er schaute den Kleinen an, der sich etwas beruhigt hatte, und fragte sich, ob es wirklich auch sein Junge sei. Er dachte an den Spermientest, den er vor einem Jahr gemacht hatte. Kann es sein, dass Rafael nicht mein Junge ist? Nein, unmöglich, für eine Samenspende hätte er sicher seine Einwilligung geben müssen. Eine genetisch bedingte Zeugungsunfähigkeit war auch nicht gegeben, weil Papa ja nicht sein biologischer Vater war. Er konnte es nicht fassen, dass er das Resultat einer künstlichen Befruchtung sein sollte. Ihn überkam ein Gefühl, als ob er von einer Riesenwelle überrollt würde. Es war eine Mischung aus Wut, Trauer, Enttäuschung, Leere und Ratlosigkeit. Die Tatsache, dass ihn die Eltern nie über seine wahre Herkunft aufgeklärt hatten, war für ihn besonders schmerzhaft. Schon immer hatte er den Eindruck, dass Vater und er wenig gemein hatten, vor allem, was das Aussehen betraf. Vater hat noch heute volles, schwarzes Haar, auch wenn inzwischen etwas angegraut. Er hingegen blondes, eher schütteres Haar und bereits eine sich abzeichnende Stirnglatze. Als Kind war er oft verunsichert, wenn Bekannte oder Verwandte sich darüber äusserten, dass Vater und er sich überhaupt nicht ähnlich seien.

Er atmete auf, als er zuhause ankam und er Maria den Kleinen übergeben konnte. Nachdem sie ihn an die Brust genommen hatte, beruhigte er sich augenblicklich.

«Und, wie war es, wie geht es deiner Mutter?», fragte Maria.

«Es war nicht einfach mit dem Kleinen im Tragetuch. Überhaupt, der Spitalbesuch war ein Alptraum.»

«Weshalb? Geht es deiner Mutter so schlecht?»

Michael spürte, wie schwer es ihm fiel, darüber zu sprechen, was er eben erfahren hatte.

Maria legte tröstend die Arme um seine Schultern. Dann nachdenklich: «Nicht einfach für dich, Michael.»

Er stand auf, ohne zu antworten, und begab sich auf den Balkon.

Der Abendhimmel war wolkenverhangen. Er zündete sich eine Zigarette an. Er dachte an seinen Vater. Wie würde er reagieren, wenn er wüsste, dass Mutter ihn über seine wahre Herkunft aufgeklärt hatte?

Er tat ihm leid. Im Grunde genommen war er ein guter Vater. Möglich, dass er unter seiner Zeugungsunfähigkeit gelitten hatte und sich deshalb so sehr auf den Erfolg in der Geschäftswelt konzentrierte. Michael drückte die Zigarette aus und ging ins Wohnzimmer.

Der Kleine war inzwischen eingeschlafen.

«Ich möchte gerne Vater einladen, Maria, und mich mit ihm über seine Vaterschaft unterhalten.»

«Eine gute Idee, Michael.»

Er war erleichtert, dass Maria sich nicht weiter dazu äusserte. Zu gross war seine Verletztheit.

16

In der Kanzlei versuchte Michael, sich in die Akte über einen Versicherungsfall zu vertiefen. Doch immer wieder holten ihn die Gedanken an seine Herkunft ein. Warum musste er gerade jetzt davon erfahren? Jetzt, wo der Kinderwunsch in Erfüllung gegangen war und Maria einen gesunden Jungen zur Welt gebracht hatte? Auch mit dem Anwaltspraktikum, das er in der Kanzlei Pfister begonnen hatte, lief alles gut. Warum gerade jetzt? Er war verärgert über Mutter. Hätte sie doch besser geschwiegen, im Wissen, dass es kaum eine Möglichkeit gab, etwas über seinen Spendervater zu erfahren, geschweige denn, ihn kennenzulernen. Überhaupt, was musste das für ein Mensch sein, der seinen Samen spendete? Was war seine Motivation? War es vielleicht des Geldes wegen? Oder um unfruchtbaren Paaren ihren Kinderwunsch zu erfüllen? Michael fand keine Antworten auf diese Fragen.

Er wollte Vater heute Abend darauf ansprechen. Wie würde er reagieren? Sicher wusste er nicht, dass Mutter ihn darüber informiert hatte.

Er legte die Akten über den Versicherungsfall unbearbeitet beiseite, packte seine Sachen zusammen und verliess die Anwaltskanzlei.

Vater sass bereits mit Maria im Wohnzimmer, als er nach Hause kam. Maria hielt den Kleinen im Arm, der offenbar nach dem Stillen eingeschlafen war.

«Ein wunderbares, kleines Kerlchen habt ihr da, Michael. Herzliche Gratulation! Wer hätte das gedacht, dass ich noch Grossvater werde?»

Maria stand leise auf und verschwand mit dem Kleinen im Kinderzimmer.

«Wie geht es in der Anwaltskanzlei?»

«Gut, Papa», antwortete Michael etwas verunsichert. Doch ja, er ist und wird immer mein Papa bleiben, auch wenn er nicht mein biologischer Vater ist, sagte er sich.

«Nimmst du ein Glas Weisswein zum Apéro?»

«Gerne.»

Michael legte die Zeitung beiseite, in der über die Paradise Papers berichtet wurde.

«Hast du das über die Paradise Papers gelesen?»

«Ja.»

«Und?»

«Natürlich finde ich es nicht in Ordnung, wenn sich Vermögende und internationale Konzerne um Steuern drücken. Auch hier gilt halt, was nicht verboten ist, ist erlaubt.»

«Deiner Meinung nach ist Steuerhinterziehung nicht strafbar?»

«Es geht ja in den meisten Fällen um Steueroptimierung, und dies ist, wenn keine Verstösse gegen das Gesetz vorliegen, nun mal nicht illegal.»

«Steueroptimierung nennst du das? Dass ich nicht lache!», entgegnete Michael mit einem gehässigen Unterton.

Dann, nach längerem Schweigen: «Ich habe vergangene Woche Mutter im Spital besucht.»

«Wie geht es ihr?»

«Soweit gut, wie es scheint.» Michael nahm einen Schluck Weisswein und überlegte sich, wie er das Thema ansprechen sollte.

«Du bist so nachdenklich. Ist etwas nicht in Ordnung?»

Michael schwieg. Dann nach einer Weile: «Wie soll ich dir das sagen, Papa …»

«Was denn? Raus mit der Sprache!»

«Nun gut, Mutter hat mich darüber aufgeklärt, dass du nicht mein biologischer Vater bist.»

Michael sah, wie Vater erbleichte. Er kam sich wohl vor wie auf der Anklagebank, schien nach einer Antwort zu ringen. Mit so einer Reaktion hatte er nicht gerechnet. Vater war kaum je um eine Antwort verlegen.

«Wie konnte sie nur? Das ist unverzeihlich …», sagte er mit bedrückter Stimme.

«Ich mache euch keinen Vorwurf. Du bist und bleibst mein Vater, auch wenn wir genetisch nicht verwandt sind. Schlimm finde ich, dass ihr mir dies all die Jahre verheimlicht habt.»

«Die Ärzte haben uns geraten, mit niemandem darüber zu sprechen. Wir haben das beherzigt und fest daran geglaubt, dass die Wahrheit nie herauskommen würde.»

«Das hat mir Mama auch schon gesagt.»

«Es ist mir unbegreiflich, dass sie es dir gesagt hat, ohne sich mit mir abzusprechen.»

«Ausser dir und Mama weiss also niemand davon?»

«Nein, Michael.»

«Und über den Mann, den Samenspender, wisst ihr gar nichts?»

«Nein, ausser, dass er schwarze Haare und dunkelbraune Augen hatte. Die Ärzte waren der Meinung, dass das Kind dem sozialen Vater möglichst ähnlich sehen sollte. Doch wie du siehst, ähneln wir uns, zumindest vom Aussehen her, überhaupt nicht.»

Michael schwieg. Was sollte er darauf antworten? Dass sie sich nicht nur vom Aussehen her, sondern auch sonst kaum ähnlich waren?

«Weiss Maria davon?»

«Ja, ich habe es ihr gesagt.»

«Und, wie hat sie darauf reagiert?»

«Sie fand es unmöglich, dass ihr aufgrund der damaligen Praxis keine andere Wahl hattet, als die künstliche Insemination zu verschweigen.»

«Ja, Michael, es war für uns sehr belastend. Wir hatten immer unsere Zweifel, ob es richtig war, es dir zu verheimlichen.»

Nachdem Vater gegangen war, fragte sich Michael, ob es nicht besser gewesen wäre, wenn Mutter geschwiegen hätte, im Wissen, dass es für ihn praktisch unmöglich war, seinen genetischen Vater zu finden.

Nein, weder Vater noch Mutter hatten etwas Unrechtes getan. Er versuchte, sich in ihre Lage zu versetzen, erinnerte sich an den Spermientest, der bei ihm ja auch nicht vielversprechend ausgefallen war. Wie hätte er reagiert, wenn sich herausgestellt hätte, dass er zeugungsunfähig wäre? Hätte er, wenn Maria ihn darum gebeten hätte, einer Samenspende zugestimmt? Eine müssige Frage, sagte er sich, jetzt, wo er und Maria ein eigenes Kind hatten, und dann noch so ein tolles Kerlchen.

Er ging ins Kinderzimmer und betrachtete den Kleinen, der friedlich in seinem Bettchen lag und kaum hörbar regelmässig atmete. Mein eigenes Kind, mit meinen Genen, mit meinen Schwächen und Stärken. Er fragte sich, was Vater damals in derselben Situation empfunden hatte? Ob es ihm gelungen war, das Kind eines anderen Mannes als sein eigenes zu akzeptieren?

Maria war bereits eingeschlafen, als er sich neben sie legte. Doch er konnte keinen Schlaf finden, zu viele Gedanken hielten ihn wach. Er versuchte, sich seinen leiblichen Vater vorzustellen. Schwarzhaarig, wie Vater sagte, wohl schon etwas angegraut. Ein Geschäftsmann vielleicht, wie Papa? Ein Akademiker, Handwerker, Künstler oder Wissenschaftler? Michael drehte sich von der einen Seite auf die andere. Nein, er konnte sich seinen biologischen Vater nicht vorstellen, so sehr er sich auch bemühte. Und wenn die Möglichkeit bestünde, ihn kennenzulernen? Wer weiss, ob er nicht enttäuscht wäre. Was, wenn er ihn unsympathisch fände? Ob sein biologischer Vater manchmal daran dachte, irgendwo Kinder zu haben, ohne zu wissen, wie und wo diese aufwachsen? Würde es bedeuten, dass er Geschwister hätte, was er sich als Einzelkind immer gewünscht hatte? Er hörte die Kirchturmuhr zweimal schlagen, spürte, wie seine Gedanken in andere Sphären abdrifteten und der Schlaf sich einstellte.

«Ich bin heute Abend zum Essen eingeladen», sagte Michael beim Frühstück, noch immer schlaftrunken.

«Von wem denn?», fragte Maria.

«Von dem Lehrer, von dem ich dir erzählt habe.»

«Stimmt ja, du hast einmal von einem Lehrer gesprochen, der angeblich wegen eines sexuellen Übergriffs angeschuldigt wurde.»

«Genau. Ein 14-jähriges Mädchen hatte den Lehrer auf Facebook angeschwärzt, dass es von ihm unsittlich berührt worden sei. Davon hat dann auch die Schulbehörde erfahren und eine Untersuchung eingeleitet. Der Lehrer wurde freigestellt. Daraufhin hat er uns angefragt, ob wir ihn verteidigen würden.»

«Und, was ist dabei herausgekommen?»

«Nun, das Mädchen hat schliesslich zugeben, dass es alles nur erfunden hat.»

«Was hat denn das Mädchen zu dieser Anschuldigung veranlasst?»

«Soviel ich weiss wegen schlechter Noten, die ihm der Lehrer erteilt hat. Mehr weiss ich auch nicht.»

«Warst du denn auch an dem Fall dran?»

«Zum Teil. Martin hat die Verteidigung übernommen. Ich war als Praktikant damit beschäftigt, die notwendigen Daten und Fakten zusammenzutragen.»

«Deswegen bist du zum Essen eingeladen?»

«Ja, Maria. Der Lehrer möchte sich bei uns bedanken.»

17

Die Abendsonne tauchte die Hügellandschaft über der Stadt in ein gleissend rötliches Licht, als Michael die Bergstrasse hochfuhr. Er klappte die Sonnenblende herunter und dachte an die bevorstehende Taufe des Kleinen. Er war damit einverstanden, den Kleinen taufen zu lassen, als Maria ihn darauf ansprach. Warum nicht? Was spricht dagegen, sagte er sich. Weil einige Bekannte die Taufe als antiquiertes Ritual betrachteten? Wie sein Freund Eric, der argumentierte, dass ein Kind im mündigen Alter selbst entscheiden sollte, ob es der Kirche angehören wolle oder nicht. Vater war auch nicht wirklich begeistert, doch er hatte sich gleich anerboten, für das Taufessen aufzukommen.

Michael drosselte die Geschwindigkeit und parkte seinen Porsche Cayenne auf dem Parkplatz vor dem Restaurant. Martin war bereits da, denn sein Kleinwagen stand neben der Treppe, die zum Gasthaus führte. Er erinnerte sich an die kritische Bemerkung Martins über Geländewagenbesitzer: Er habe sich schon gefragt, ob Leute, die übergrosse Autos fahren, an einem Minderwertigkeitskomplex leiden. Möglich, dass er recht hatte. Früher, als er noch auf der Bel Etage gearbeitet hatte, war es für ihn selbstverständlich, mit einem Geländewagen vorzufahren. Dies hatte für ihn keine Bedeutung mehr. Der Porsche Cayenne war ein Relikt aus der Vergangenheit, mit der er abgeschlossen hatte. Doch noch konnte er sich nicht überwinden, den Geländewagen zu verkaufen.

Er betrat das Restaurant und erblickte Martin, der mit Lehrer Regenass an einem Tisch beim Fenster sass.

«Ich bin Rolf», sagte Regenass und streckte Michael die Hand entgegen. «Wir können uns jetzt duzen, oder, von Befangenheit kann ja wohl keine Rede mehr sein, nachdem der Fall abgeschlossen ist.»

«Klar, ich bin Michael», antwortete er etwas überrascht.

«Arbeitest du wieder, du bist ja nicht mehr freigestellt, oder?»

«Ja, ich arbeite wieder. Allerdings habe ich mir schon überlegt, ob ich den Lehrerberuf nicht an den Nagel hängen sollte.»

«Davon würde ich dir abraten», sagte Martin. Dies könnte den Eindruck erwecken, dass an der Anschuldigung trotz gegenteiliger Befunde etwas dran sei, und du dich deshalb vom Lehrerberuf verabschieden würdest.»

Rolf wirkte verunsichert. Natürlich fühle er sich nach dem Freispruch erleichtert. Doch den Makel, der ihm anhafte, werde er nicht so schnell los. Wie sollte er denn künftig den Schülern begegnen, um jegliche Verdachtsmomente auszuschliessen? Was, wenn er rein zufällig einem jungen

Mädchen auf die Brust schaue, ohne irgendwelche Hintergedanken? Sollte er mindestens einen Meter Abstand von jedem Schüler einhalten, wie dies in gewissen Schulen in den USA zur Regel geworden sei? Nach dem Vorfall werde er doch mit Argusaugen beobachtet, nicht nur von den Schülern, sondern auch von den Eltern. Er sei befangen, ja, verunsichert. Was, wenn er einem Schüler oder einer Schülerin schlechte Noten erteile? Müsste er dann damit rechnen, von Neuem verleumdet zu werden?

«Komm, Rolf, stossen wir auf deinen Freispruch und die Rehabilitation an!», sagte Martin mit erhobenem Glas. «Du siehst alles zu negativ. Was ist eigentlich mit dem Mädchen, das dich angeschuldigt hat?»

«Es musste die Klasse wegen ungenügender Noten repetieren.»

«Und die Eltern, wie haben die auf die ganze Sache reagiert?»

«Sie haben sich bei mir entschuldigt. Doch ich hatte den Eindruck, dass sie ihre Tochter wegen der schlechten Noten stark unter Druck gesetzt hatten, worauf das Mädchen mit der falschen Anschuldigung einen Ausweg suchte.»

Anders könne er sich die Verleumdung auf Facebook nicht erklären. Schulversagen des eigenen Kindes sei etwas, mit dem Eltern oft nicht umgehen könnten.

«Hat nicht auch der Leistungsdruck an den Schulen zugenommen?», fragte Michael.

«Sicher, doch als Lehrer kannst du dich dem nicht entziehen. Du musst mitspielen oder aussteigen.»

«Die Zeit heilt alle Wunden, sagt man. Ich bin sicher, dass sich in einem Jahr deine Bedenken über deine Zukunft als Lehrer verflüchtigt haben», meinte Martin.

Es war bereits dunkel, als Michael die kurvenreiche Strasse hinunterfuhr. Er trat reflexartig auf die Bremse, als ein Tier vom Scheinwerferlicht geblendet mitten auf der Strasse kurz stehenblieb und dann im Wald verschwand. War es ein Fuchs oder eine Katze? Er war sich nicht sicher. Schon waren die Lichter der Stadt zu sehen, als er das Waldstück passiert hatte.

Wie sagte Martin doch vorhin: ‹Die Zeit heilt alle Wunden.› Vielleicht hatte er recht, sagte er sich. Weshalb sollte er sich weiter Gedanken über seine Herkunft machen? Warum nur, wenn es unmöglich war, etwas über seinen leiblichen Vater zu erfahren? Als ihm ein Wagen laut hupend entgegenkam, realisierte er, dass er noch immer das Scheinwerferlicht eingeschaltet hatte.

‹Die Zeit heilt alle Wunden.› Was heisst das schon? Einfach warten, bis die Verletzung verheilt ist, also Probleme aussitzen? Michael war immer darauf bedacht, Probleme zu lösen und schnell aus der Welt zu schaffen. Doch dieses Mal sah er keine Lösung. Er war nun mal das Kind eines ihm unbekannten Mannes. Eine Tatsache, mit der er sich abfinden musste, in der Hoffnung dass die Verletzung einmal verheilen wird.

Michael bog in die Hauptstrasse ein. Nach wenigen Minuten erreichte er die Wohnsiedlung, die ihm inzwischen vertraut geworden war. Als er die Wohnung betrat und Maria mit dem Kleinen im Arm auf dem Sofa sitzen sah, verflüchtigten sich seine negativen Gedanken.

18

Michael verzichtete auf den Nachtisch. Er ging auf die Terrasse des Landgasthofs und zündete sich eine Zigarette an.

Die Schaukel und die Rutschbahn erinnerten ihn an seine Kindheit. Sicher waren die Anlagen in der Zwischenzeit erneuert worden, befanden sich jedoch noch immer an demselben Ort unterhalb der Terrasse. Der Landgasthof war eines von Vaters Lieblingsrestaurants, und so kam es, dass sie früher am Sonntag oft im Landgasthof zu Mittag gegessen hatten. Nach dem Essen ging es meist hinaus auf den Spielplatz. Mutter setzte sich auf die Schaukel, pendelte hin und her, während er immer wieder von Neuem die Rutschbahn hinuntersauste. Vater stand daneben und rauchte seine Zigarre.

Für ihn hatte der Landgasthof einen besonderen Reiz, nicht nur wegen der Schaukel und der Rutschbahn. Er schätzte als Kind die Ausflüge aufs Land und freute sich jedes Mal, wenn sie das vorstädtische Gewusel verlassen hatten.

Eben wollte er wieder hineingehen, als Vater plötzlich mit einer Zigarre im Mund neben ihm stand.

«Rauchst du noch?», fragte Michael.

«Hin und wieder.»

Michael erinnerte sich, dass Vater ihn wiederholt ermahnt hatte, mit dem Rauchen aufzuhören, ungeachtet dessen, dass er selbst immer noch rauchte. Er wollte ihn darauf ansprechen, liess es dann doch bleiben.

«Eine schöne Landschaft», sagte er stattdessen. «Ich habe es als Kind immer genossen, wenn wir aufs Land gefahren sind. Hier, in einer solch ländlichen Gegend möchte ich gerne wohnen. Vielleicht in einem Dorf wie dem da drüben.»

«Wirklich?»

«Ein kleines Häuschen mit Garten, das wäre unser Traum.»

«Und dann möchtest du weiterhin für das linke Anwaltskollektiv arbeiten und jeden Tag in die Stadt fahren?», fragte Vater, nachdem er langsam eine blaue Rauchwolke ausgeatmet hatte.

«Wie oft muss ich es dir noch sagen, Papa. Das Anwaltskollektiv ist eine Kanzlei wie jede andere und unterscheidet sich von anderen Kanzleien einzig darin, dass nicht die Gewinnmaximierung im Vordergrund steht, sondern das Bestreben, auch weniger gut bemittelten Menschen Rechtsbeistand zu leisten.»

«Schon gut, Michael, ich verstehe nicht, weshalb du dich gleich so aufregst?»

«Deine giftigen Bemerkungen finde ich manchmal unerträglich.»

«War auch nicht so gemeint.»

«Ich könnte mir auch vorstellen, künftig als eigenständiger Anwalt zu arbeiten, wenn ich das Anwaltspatent erworben habe.»

«Auf dem Land ein Anwaltsbüro eröffnen?»

«Warum nicht!»

«Was wären denn deine Klienten? Ein Bauer etwa, der von den Nachbarn wegen Ruhestörung angeklagt wird, weil er nachts seine Kühe mit Glocken auf die Weide lässt?»

«Ich finde so zynische Bemerkungen nicht lustig. Überhaupt, auf dem Land wohnen schon lange nicht mehr nur Bauern. Und warum nicht einem Bauern zum Recht verhelfen? Ich verstehe auch nicht, dass Leute aufs Land ziehen und sich dann über das Kuhglockengebimmel oder den Geruch von ausgefahrener Jauche beschweren.»

Michael hielt inne.

«Was mir vorschwebt, ist eine Zusammenarbeit mit einem Anwaltskollektiv.»

«Und das kleine Häuschen, wie willst du das finanzieren?»

«Darüber habe ich mir noch keine Gedanken gemacht. Wir können ja auch ein Haus mieten. Auf dem Land sind die Mieten um einiges günstiger als in der Stadt.»

Vater klopfte die Asche seiner Zigarre in den Aschenbecher.

«Lass mich wissen, wenn ich dir unter die Arme greifen kann.»

«Das würdest du tun, Papa?», fragte Michael erstaunt.

«Ja, warum nicht.»

Michael steckte sich eine zweite Zigarette an. «Übrigens möchte ich mich dafür bedanken, dass du für das Taufessen aufkommst.»

«Mach ich doch gerne, Michael.»

«Ich freue mich, dass ihr euch versöhnt habt, du und Mama. Besonders jetzt, wo sie so krank ist. Ich bin richtig erschrocken, als ich sie im Spital besucht habe. Sie sah so schlecht aus.»

«Es geht ihr wirklich nicht gut. Ich weiss nicht, ob sie es dir gesagt hat. Offenbar haben sich Metastasen in der Leber gebildet», sagte Vater.

«Oh nein, wirklich?»

«Eine Leberoperation sei unumgänglich, meinte ihr Arzt.»

Ein vorbeifahrender Traktor mit einer Ladung Heu unterbrach das Gespräch. Michael fasste sich wieder. Er dachte an die Taufpredigt des Pfarrers, der über Werden und Vergehen sprach. Werden sei die schöpferische Entfaltung von etwas Neuem, das mit dem Vergehen eng verknüpft sei. Alles, was entstehe, werde einmal wieder zerfallen.

«Sag mal, Papa, weshalb hat dich Mutter so Hals über Kopf verlassen?»

«Darüber möchte ich nicht reden.»

«Ihr habt immer irgendwelche Geheimnisse. Erst habt ihr mir verschwiegen, dass du nicht mein biologischer Vater bist. Und nun macht ihr ein Geheimnis über den Grund eurer Trennung.»

«Wir haben uns nicht mehr verstanden, haben uns auseinandergelebt.»

«Und jetzt habt ihr einfach so wieder zusammengefunden? Dafür muss es doch einen Grund geben.»

«Wir haben uns ausgesprochen. – Komm, gehen wir wieder rein ins Restaurant.»

Michael schaute nach dem Kleinen, der in der Tragtasche neben Maria schlief. Als er aufblickte und Mutter so gebrechlich dasitzen sah, überkam ihn eine Traurigkeit.

Er liess sich nichts anmerken, lächelte und setzte sich zu ihr.

«Maria hat mir eben erzählt, dass ihr gedenkt, aufs Land zu ziehen.»

«Ja, Mama, das ist unser Traum.»

«Das wird nicht so einfach sein, wie ihr euch das vorstellt», warf Eric ein, der sich nach anfänglicher Skepsis schliesslich doch noch dafür entschieden hatte, die Rolle des Taufpaten zu übernehmen.

«Ihr seid in einer urbanen Gegend aufgewachsen, wohnt heute in der Agglomeration. Im Grunde genommen seid ihr Stadtmenschen», fuhr er fort. «Kulturell läuft auf dem Land doch gar nichts, abgesehen mal von einem Jodler- und Schwingfest. Das Landleben ist etwas für Aussteiger, eine Spezies, die langsam ausstirbt.»

«Das war vielleicht noch vor 30 Jahren so. Die Durchmischung unterschiedlicher Lebensformen hat längst auch auf dem Land stattgefunden!», entgegnete Maria.

«Die Sehnsucht nach einem Leben auf dem Land ist ungebrochen, auch wenn immer mehr Menschen in den Städten wohnen», meinte Marias Vater.

Er fände es eine gute Idee, den Schritt zu wagen und aufs Land zu ziehen.

Michael war überrascht, wieviel Beachtung dem Thema Landleben beigemessen wurde.

«Es war ein schöner Anlass», sagte Maria auf der Heimfahrt. «Endlich sind wieder einmal unsere Eltern und weitere Verwandte zusammengekommen.»

Michael nickte und schaltete das Radio ein.

«Kannst du das Radio etwas leiser stellen, Rafael ist eben erst eingeschlafen.»

Er drehte die Lautstärke zurück und schaltete den Scheibenwischer ein, als die ersten Regentropfen gegen die Windschutzscheibe prasselten.

«Ich glaube, Eric und Daniela würden gut zusammenpassen. Wäre schon speziell, wenn die beiden Taufpaten zusammenfinden würden», sagte Maria verschmitzt lächelnd.

«Wie kommst du denn darauf?»

«Ich hatte den Eindruck, dass sich die beiden sehr gut verstanden haben.»

«Mag sein. Doch Eric und eine feste Beziehung? Nein, das kann ich mir nicht vorstellen! Er ist und bleibt der ewige Junggeselle, auch wenn er über fünf Jahre mit einer Frau zusammengelebt hat.»

«Daniela ist auch keine pflegleichte Partnerin. Sie hat es nie lange mit demselben Partner ausgehalten», entgegnete Maria.

Michael musste stark abbremsen, weil ein Geländewagen nach dem Überholen brüsk vor ihm einschwenkte und einen Wasserschwall gegen die Windschutzscheibe schleuderte.

«Typisch Geländewagenfahrer, einfach widerlich.»

«Warst ja bis vor Kurzem selbst einer», sagte Maria mit einem leicht spöttischen Unterton. «Es hat dir viel Überwindung gekostet, ihn zu verkaufen.»

Michael schwieg.

«War nicht so gemeint», sagte Maria, während sie versöhnend ihre Hand auf seinen Oberschenkel legte.

«Was hat Vater zu unseren Plänen gesagt?»

«Er konnte nicht verstehen, dass wir aufs Land ziehen wollen. Du kennst ihn ja.»

Michael räusperte sich. «Überrascht war ich dann schon, als er sagte, dass er uns unter die Arme greifen könnte.»

«Das hat er gesagt?», fragte Maria erstaunt.

«Ja.»

«Kannst du vor dem Hauseingang kurz anhalten, damit ich mit Rafael schon mal vorausgehen kann», sagte Maria, als er in die Strasse zur Wohnsiedlung einbog. «Nicht, dass er noch aufwacht.»

Michael hielt vor dem Hauseingang kurz an. Nachdem Maria ausgestiegen war, stellte den Wagen auf dem Parkplatz ab.

19

«Ein Brief für dich vom Obergericht», rief Maria aus dem Kinderzimmer, als Michael die Wohnungstür hinter sich zuzog.

Er ging ins Wohnzimmer, ohne das Jackett abzulegen und öffnete hastig den Briefumschlag, obwohl er erahnte, was er enthielt. Es war wie vermutet die Bestätigung, dass er auch die mündliche Anwaltsprüfung bestanden hatte.

«Und?», fragte Maria, als sie in Wohnzimmer kam.

«Ich habe bestanden, auch die mündliche Prüfung.»

«Toll», sagte sie ihn umarmend. «Ich bin überzeugt, dass du ein guter Anwalt sein wirst.»

Michael legte das Schreiben beiseite und zog das Jackett aus. Maria hatte inzwischen eine Flasche Prosecco aus dem Kühlschank geholt. «Darauf müssen wir anstossen. Kannst du die Flasche öffnen?»

Er löste das Drahtgeflecht um den Korken und schob ihn langsam mit beiden Daumen nach oben, bis er nach einem lauten Knall durch die Luft flog.

«Hoffentlich ist Rafael nicht aufgewacht. Er ist eben erst eingeschlafen. Wirst du nun weiter für das Anwaltskollektiv arbeiten?»

«Ich denke schon. Martin hat mir ja ein entsprechendes Angebot gemacht. Leute zu beraten und wenn nötig auch vor Gericht verteidigen, finde ich eine schöne und sinnvolle Aufgabe. Ich denke da an Lehrer Regenass, der zu Unrecht wegen sexueller Übergriffe angeklagt wurde. Erst kürzlich konnten wir einem Angestellten zum Recht verhelfen, der wegen falscher Anschuldigungen seines Vorgesetzten fristlos entlassen wurde.»

Das Telefon klingelte. Maria nahm ab und begab sich ins Nebenzimmer.

«Wer war es?», fragte Michael, als Maria das Telefon in die Halterung gesteckt hatte.

«Markus. Er möchte uns zu seinem Geburtstagsfest einladen. Ich habe ihm gesagt, dass ich wahrscheinlich nicht kommen könne, weil Rafael seine ersten Zähne bekommt. Du weisst ja, wie schmerzhaft das ist.»

«Nein, keine Ahnung. Ich kann mich nicht mehr erinnern.»

«Haha, sehr witzig». Maria ergriff die auf dem Tisch liegende Windel und warf sie nach ihm.

«Kann nicht deine Mutter zu ihm schauen?»

«Nein, ich will bei ihm bleiben.»

«Ok, dann gehe ich halt alleine hin.»

Typisch Mutter, dachte er. Eigentlich wunderbar, doch für den Partner auch nicht immer einfach, wenn sich alles nur um das Kleinkind dreht.

Maria hob das Glas. «Nochmals herzlichen Glückwunsch, Herr Anwalt», sagte sie und küsste ihn auf die Stirn.

«Würdest du künftig auch Delinquenten verteidigen?»

«Du meinst strafrechtlich Angeklagte? Nein, das möchte ich nicht. Ein Strafverteidiger muss ja auch die Interessen des Angeklagten vertreten, ist aber gleichzeitig der Wahrheit verpflichtet. Das würde mir schwerfallen. Ich glaube nicht, dass ich dem gewachsen wäre, und möchte mich stattdessen lieber auf zivilrechtliche Fälle konzentrieren.»

«Können wir gehen?», rief Michael, als er die Schuhe zugeschnürt hatte.

«Gleich …», tönte es aus dem Badezimmer.

Er faltete den Ausdruck mit der Strassenkarte zusammen und steckte ihn mit dem Handy in die Jackentasche. Eine Stunde Fahrt wurde auf dem Routenplaner angegeben.

Maria kam aus dem Badezimmer mit dem Kleinen im Arm, der fröhlich vor sich hin brabbelte.

«Kannst du die Tragtasche nehmen? Ich hoffe, dass er während der Fahrt einschläft.»

Nach gut einer Stunde erreichten sie das Dorf, das trotz einiger neuer Einfamilienhäuser immer noch recht ländlich wirkte. Sie passierten eine Molkerei, bei der eben Milchkannen abgeladen wurden, dann einen Dorfladen mit Früchten und Gemüse in der Auslage. Kurz nach der Dorfkirche gelangten sie zum Gasthof Krone, der schon von Weitem an dem alten Kronenschild über dem Eingang zu erkennen war. Michael hielt an und parkte neben der ausladenden Steintreppe des Gasthofs, in dem sie sich mit der Vermieterin des Bauernhauses verabredet hatten.

Rafael war inzwischen eingeschlafen. Maria meinte, dass sie ihn kurz im Wagen lassen wolle.

Der rustikal anmutende Gasthof war kaum besetzt. Michael fielen die Männer an dem runden Tisch auf, die sich angeregt zu unterhalten schienen. Ob er sich in einer solchen Stammtischrunde wohlfühlen würde? Warum nicht, sagte er sich, warum nicht hie und da nach Feierabend mit anderen Dorfbewohnern ein Bier trinken. Und schon kam eine ältere Frau auf sie zu, die sich als Vermieterin zu erkennen gab.

Das ehemalige Bauernhaus sei im Besitz einer Erbengemeinschaft, sagte sie, gehöre ihr und ihren beiden Brüdern. Nachdem ihre Mutter vor einem Jahr verstorben sei, hätten sie sich entschieden, das Haus auszumieten. Für die Erbengemeinschaft stünde nicht die Rendite im Vordergrund, sondern Mieter, die ein Haus wie dieses zu schätzen wüssten. Deshalb hätten sie sich auch für eine eher moderate Miete entschieden. Die Räume seien eher niedrig, wie halt damals gebaut worden sei. Möglich, dass sich Herr Baltensberger bei dem einen oder anderen Türrahmen leicht bücken müsse. Zum Haus gehöre ein grosser Garten, in dem früher Gemüse angepflanzt worden sei.

Michael zwinkerte Maria enthusiastisch zu. Genau das, was wir suchen, dachte er.

Während er sich noch mit der Vermieterin unterhielt, ging Maria hinaus, um nach dem Kleinen zu sehen.

Ob sie denn hier in dem Dorf aufgewachsen sei, wollte Michael wissen. Er konnte es sich nicht vorstellen, weil die Frau überhaupt nicht wie eine Bauerntochter auf ihn wirkte.

Doch ja, entgegnete sie. Ihr Vater habe Milchwirtschaft betrieben mit Scheune und Stall ausserhalb des

Dorfes. Das Land als auch die Ökonomiegebäude seien jedoch schon vor Jahren an einen Landwirt verkauft worden. Ihr Elternhaus sei ohne Scheune und Stall eigentlich nur vom Stil her ein Bauernhaus.

Er fand die Frau sympathisch und war gespannt, Haus und Garten zu besichtigen.

Maria stand neben dem Wagen mit dem Kleinen im Arm, als Michael mit der Vermieterin den Gasthof verliess.

Sie werde vorausfahren, sagte die Vermieterin, er solle ihr folgen. Nachdem sie in eine Seitenstrasse abgebogen waren, hielt sie vor einem alten Giebelhaus an und signalisierte ihm mit einem Handzeichen, wo er parkieren könne.

Der Garten wirkte etwas verwildert, jedoch nicht ungepflegt. Michael betrachtete den Spalierbaum an der Hauswand, an dem Aprikosen heranreiften. Im hinteren Teil des Gartens befand sich ein Holunderbusch neben einem Haselnussstrauch. Davor gab es mehrere Beete, in denen früher Gemüse und wohl auch Blumen angepflanzt wurden. Der Garten gefiel ihm auf Anhieb, selbst wenn er etwas vernachlässigt wirkte. An der Hauswand stand eine alte Gartenbank. Auf dem mit Kies bedeckten Vorplatz könnte man einen Gartentisch hinstellen, dachte er.

Maria setzte den Kleinen auf den Boden, der auf allen Vieren den Garten auskundschaftete. Und schon schob er eine Handvoll Erde in den Mund. Maria liess ihn gewähren.

«Hier sind Sie also aufgewachsen», sagte Michael. «Gab es dieses Haus damals schon?», fragte er auf das Nachbarhaus hindeutend.

«Doch ja, das stand schon. Vor vielen Jahren soll dort einmal ein Stall mit Scheune gestanden haben.»

«Wer wohnt in dem Haus?», wollte Maria wissen.

«Eine junge Familie mit zwei kleinen Kindern. Sehr nette Leute», meinte die Vermieterin.

«Freut mich, dass es eine Familie mit Kindern ist», sagte Maria.

Das getäfelte Wohnzimmer war mit den Fenstern auf zwei Seiten trotz der relativ niedrigen Decke sehr hell. Von der einen Fensterfront ging der Blick direkt auf den Garten mit dem Alpenkranz am Horizont. Michael konnte aufrechten Hauptes das Zimmer betreten, ohne mit dem Kopf am Türrahmen aufzuschlagen.

Der Kachelofen sei vor ein paar Jahren renoviert worden, meinte die Vermieterin. Damit könnten sowohl Wohnzimmer als auch die beiden Nebenzimmer problemlos geheizt werden.

«Toll, oder», sagte Michael zu Maria, die zustimmend nickte.

«Hier könnte ich das Büro einrichten», sagte er, als sie sich in einem der Nebenzimmer umschauten.

«Arbeiten Sie selbstständig?», fragte die Vermieterin.

«Nun ja, ich habe im Sinn, mich als Anwalt selbstständig zu machen. Zurzeit arbeite ich noch für eine Anwaltskanzlei in der Stadt.»

Nachdem sie das Obergeschoss mit den drei Schlafzimmern besichtigt hatten, liess sich Michael den Dachstock zeigen, während Maria sich die Küche genauer anschaute.

«Wir nehmen das Haus!», sagte Michael voller Begeisterung.

Sie freue sich, dass ihnen das Haus gefalle, meinte die Vermieterin. Doch sie müsste sich noch mit ihren Brüdern absprechen, weil es mehrere Interessenten gebe. Sie würde ihnen nächste Woche Bescheid geben.

20

Michael dachte an das Geburtstagsfest vom vergangenen Wochenende und die Begegnung mit Nora. Und plötzlich war sie da, die Erregung. Hätte er widerstehen können, wenn sie sich ihm hingegeben hätte? Dabei war sie gar nicht so attraktiv. Es waren ihre dunklen Augen, die ihn faszinierten, ihr verführerischer Blick, ihr sinnlicher Mund.

Er hörte Maria, die in der Küche mit Geschirr hantierte, sah Rafael, der auf dem Boden herum krabbelte. Warum nur diese Phantasien, fragte er sich, jetzt wo er glücklich verheiratet war? Hatte es damit zu tun, dass Maria in letzter Zeit wenig für Sex übrig hatte und sich zu stark auf Rafael fokussierte? Er ging in die Küche und drückte Maria an sich, die vor dem Kochherd stand.

«Was ist los mit dir?», sagte sie überrascht.

«Nichts, Maria, ich hatte einfach das Bedürfnis, dich zu umarmen.»

«Hilf mir lieber, den Tisch zu decken.»

Natürlich hätte er sich etwas anderes vorstellen können, als er sich anschickte, den Tisch zu decken. Doch er war auch erleichtert. Der Gedanke, mit Maria zu schlafen und dabei an eine andere Frau zu denken, nein, das wäre widerlich.

Während er den Tisch deckte, dachte er an die Zeit seiner Pubertät. Wie oft er damals ohne Grund erregt war. Er war dann darauf bedacht, dass es niemandem auffiel. Ob Maria vorhin etwas bemerkt hatte? Er verdrängte den Gedanken, füllte das Glas mit Rotwein, das er eben auf den Tisch gestellt hatte, nahm einen Schluck, dann noch einen. Er fühlte sich entspannt.

«Ach Michael. Ich bin so glücklich, dass die Vermieterin des Bauernhauses zugesagt hat», sagte Maria während des Essens. «Ich war sicher, dass wir es bekommen würden.»

«Weshalb?»

«Einfach so ein Gefühl.»

Maria wischte sich eine Haarsträhne aus dem Gesicht.

«Vielleicht kann ich in dem Dorf wieder als Kindergärtnerin arbeiten, wenn Rafael grösser ist.»

«Fragt sich nur, ob dann auch eine entsprechende Stelle frei sein wird.»

«Schon klar. Könnte ja auch sein, dass ich wieder schwanger werde. Dann wärest du wieder alleine für unsere Existenzsicherung zuständig. Platz für eine grössere Familie wäre ja in dem Bauernhaus vorhanden mit drei Schlafzimmern im Obergeschoss.»

Sie stand auf und legte ihre Arme um seine Schultern. «Wir werden eine Katze haben und im Garten Gemüse anpflanzen. Rafael wird auf dem Kiesplatz spielen. Und bei einem so milden Abend wie heute werden wir draussen im Garten essen.»

Sie setzte sich wieder. «Ich kann's kaum erwarten.»

Michael war immer wieder erstaunt über Marias Enthusiasmus. «Tönt gut, Maria. Doch wir müssen uns schon auch eingewöhnen. Spontan ins Theater gehen oder ein Konzert besuchen wird nicht mehr möglich sein. Mit dem Auto ist es eine gute Stunde in die Stadt, und mit öffentlichen Verkehrsmitteln noch mehr. Dazu kommt, dass ich sicher das erste Jahr noch zwei, drei Tage pro Woche in die Stadt fahren muss, bis ich mein eigenes Anwaltsbüro auf dem Land eröffnen kann.»

«Du machst dir zu viel Sorgen. Natürlich müssen wir uns umstellen, müssen im Dorf Fuss fassen und einen neuen Bekanntenkreis aufbauen. Es ist ein Aufbruch in einen neuen Lebensabschnitt. Doch das ist es eben, was ich so spannend finde.»

«Wir werden uns einschränken müssen, wenn ich mich selbstständig machen will.»

«Ja und? Im Moment bist du ja noch beim Anwaltskollektiv angestellt. Möchtest du denn wieder als Unternehmensjurist arbeiten, damit wir uns eine luxuriöse Attikawohnung und einen Porsche Cayenne leisten können?»

«Nein, Maria, das ist nicht mein Ziel. Ich hatte auch kein Problem damit, dass wir während meiner Arbeitslosigkeit und meines Anwaltspraktikums mit weniger Geld auskommen mussten. Solange ich für das Anwaltskollektiv arbeiten kann, haben wir auch keine finanziellen

Probleme. Doch wenn ich mich selbstständig mache, wird es eine Weile dauern, bis ich eine Existenz als eigenständiger Anwalt aufgebaut habe.»

«Wir schaffen das», sagte Maria mit einem verschmitzten Lächeln.

21

Die Bank an der Hauswand neben dem Aprikosenspalier wirkte etwas modrig, sie musste schon eine Ewigkeit da gestanden haben. Michael wischte die darauf liegenden Blätter mit der Hand weg und setzte sich. Er hatte jeden Raum des Bauernhauses inspiziert, um sich ein Bild zu machen, wie sie das neue Zuhause einrichten könnten, denn der Umzug sollte bereits im kommenden Monat erfolgen. Ob sie hier glücklich würden, auf dem Land, gut 100 Kilometer von der Stadt entfernt? Er war sich nicht sicher, doch er konnte es sich vorstellen. Zu lange hatten Sachzwänge sein Leben bestimmt, Sachzwänge, die er sich selbst auferlegt hatte. Er beobachtete den Milan, der ohne einen Flügelschlag genussvoll seine Kreise zog. Ob er nach Beute Ausschau hielt? Möglich, dass er aus reiner Lebensfreude seine Kreise zog, jenseits von allen Zwängen. Den Eindruck hatte er zumindest.

Als er auf der Bel Etage gearbeitet hatte, führten sie ein fast schon luxuriöses Leben mit der Attikawohnung an bester Lage, mit Segelboot und Geländewagen. Sie konnten sich vieles leisten, doch zu welchem Preis? War er wirklich glücklich mit seinem Job? Natürlich war er stolz, auf der Bel Etage angekommen zu sein. Doch mit den Jahren konnte er immer weniger hinter den Entscheiden der Geschäftsleitung stehen. Immer mehr Wachstum, immer mehr Gewinn, das war das Credo. Dafür wurden Arbeitsplätze geopfert und schliesslich das einst prosperierende Unternehmen an die Wand gefahren. Als er dann selbst entlassen wurde, verspürte er nur noch Abneigung gegen den Geschäftsführer, mit dem er sich einst gut verstanden hatte.

Wohin wird es führen, dieses verbissene Streben nach Wirtschaftswachstum, das in der westlichen Welt gebetsmühlenartig gepredigt wird? Wachstum um jeden Preis, ungeachtet dessen, dass die natürlichen Ressourcen begrenzt sind und der sich abzeichnende Klimawandel sicher auch vom Menschen mitverursacht wird und nicht länger als Hirngespinst von irgendwelchen Umweltaktivisten abgetan werden kann.

Nein, ich bin kein Aussteiger, da hatte sein Freund Eric wohl recht, sagte er sich. Auch kein Weltverbesserer. Doch er wollte aus dem Hamsterrad ausbrechen, wollte mit beiden Füssen im wahrsten Sinne des Wortes auf dem Boden stehen, ohne sich selbst auferlegte Zwänge, wie der Milan, der immer noch unbeschwert seine Kreise zog. In Zufriedenheit das Leben leben, im Einklang mit der Natur, zusammen mit Maria und dem Kleinen. Hier im Garten miterleben, wie die Früchte am Aprikosenbaum reifen, wie Rafael heranwächst. Ob er dann doch wieder ins Hamsterrad zurückkehren würde, im Bestreben, wieder mehr Wohlstand zu generieren? Er konnte es sich nicht vorstellen. Wozu auch? Als selbstständiger Anwalt würde er die Arbeit nach seinen Vorstellungen gestalten können und sicher auch genug verdienen, um ein zufriedenes Leben zu führen.

Er stand auf, ging zu den Himbeerbüschen und steckte ein paar reife Beeren in den Mund. Die Natur ist auch auf Wachstum ausgelegt, und doch funktioniert alles. Wohl ein Selbstregulierungsmechanismus, dachte er. Ansonsten würden ja nicht nur die Bäume, sondern auch die Himbeerbüsche in den Himmel wachsen. Offenbar tendieren alle gesunden Wachstumsvorgänge, so rasch sie auch beginnen mögen, zur Verlangsamung und kommen schliesslich, wenn das Optimum erreicht ist, zum Stillstand. Nur der Mensch hat die Grenzen des Wachstums noch nicht erkannt. Vater würde bei solchen Gedanken den Kopf schütteln. Er konnte ja auch nicht verstehen, dass er und Maria aufs Land ziehen wollten. Natürlich würde er es schätzen, sich mit Vater über solche Fragen zu unterhalten. Doch sie waren zu verschieden. Vielleicht, weil er nicht sein leiblicher Vater war? Oder beruhten die unterschiedlichen Ansichten auf dem Generationenunterschied? Ein ganz normaler Vater-Sohn-Konflikt? Er wusste es nicht.

Er holte den Klappmeter und den Notizblock, den er auf der Bank abgelegt hatte, und machte sich auf den Heimweg.

22

Mutter schlief, als Michael das Krankenzimmer betrat, jedenfalls hatte sie die Augen geschlossen. Er holte den Stuhl, der beim Fenster stand, und setzte sich leise neben Mutters Krankenbett. Er betrachtete die Infusionsflasche mit dem kleinen Glaszylinder darunter, in den rhythmisch die Infusionslösung tropfte. Auf dem Tischchen neben dem Bett stand ein halbleeres Glas, daneben ein Krug. Wie lange sie nicht mehr getrunken haben mochte? Einmal bewegte sie die Augenlider. Ob sie träumte? Ihre Hände lagen gefaltet auf der Bettdecke, als ob sie beten würde. Michael schaute sich im Zimmer um, von dem er inzwischen alle Einzelheiten kannte: die Blumen in der Vase auf dem Tischchen neben dem Bett, Mutters Morgenmantel, der an der Tür hing, das leere Bett bei der Wand, darüber ein Bild mit einem Bergmotiv.

Mutters Anblick betrübte ihn. Wie gebrechlich sie aussah. Ihr regelmässiges Atmen beruhigte ihn etwas. Plötzlich bewegte sie sich, öffnete die Augen und blicke um sich. «Michael», sagte sie strahlend mit schwacher Stimme. «Ich freue mich so, dass du gekommen bist.»

«Mama, wie geht es dir?», fragte er mit Tränen in den Augen.

«Entsprechend gut Michael, und euch?»

«Wir haben eben die Zusage bekommen, dass wir das Bauernhaus mieten können.»

«Schön zu hören. Wie geht es Rafael?»

«Der krabbelt herum und steckt alles in den Mund, was ihm in die Finger kommt.»

«Ach Michael, ich bin so glücklich.»

«Worüber denn?»

«Weil sich alles zum Guten gewendet hat. Du bist Anwalt geworden, worauf ich sehr stolz bin.» Sie hielt inne, da sie kaum atmen konnte.

«Jetzt, wo du in der Anwaltskanzlei arbeitest, könnt ihr euch auch wieder gewisse Annehmlichkeiten leisten», fuhr sie fort. «Ihr habt einen gesunden Jungen. Und ein Haus auf dem Land. Das ist doch alles wunderbar.»

«Schon, Mama, aber du bist nicht gesund.»

«Ich bin mit mir im Reinen, mit allem, auch mit deinem Vater.»

«Wie meinst du das?»

«Wir haben uns versöhnt. Ich habe überreagiert, als ich damals ausgezogen bin.»

«Verstehe ich nicht.»

«Ich kann es dir ja sagen. Vater hatte eine Beziehung mit seiner ehemaligen Assistentin. Das habe ich eben dann erfahren, als meine Brustkrebserkrankung diagnostiziert wurde. Deshalb habe ich wohl etwas überreagiert, obwohl Vater die Beziehung längst abgebrochen hatte.»

«Vater wollte wohl seine Männlichkeit unter Beweis stellen, oder?»

«Nein, Michael, Vater ist ein Mann wie jeder andere, auch wenn er zeugungsunfähig ist.»

Michael öffnete die Schachtel mit Süssgebäck, das er mitgebracht hatte. «Luxemburgerli hast du immer gern gegessen.»

«Sehr lieb von dir, Michael, doch ich mag im Moment nichts essen, nicht einmal Luxemburgeli.»

«Du musst essen, Mama, du bist so abgemagert.»

«Ach Michael.» Sie richtete sich mit letzter Kraft auf. «Eben gestern habe ich an Wilhelm Busch und seine Tobias-Knopp-Trilogie gedacht. Kannst du dich erinnern, wir haben uns oft an seinen humoristischen Bildgeschichten ergötzt.»

«Ja, Mama.»

«Tobias Knopp geht durch die Höhen und Tiefen des Lebens.» Sie hielt inne, atmete schwer. «Als sein Töchterchen Julchen endlich den richtigen Mann gefunden hat, ist sein Lebenszweck erfüllt. Wie heisst es doch:

‹Knopp, der hat hienieden nun
Eigentlich nichts mehr zu tun.
Er hat seinen Zweck erfüllt.
Runzlig wird sein Lebensbild.›

Dann kommt Parze, die römische Schicksalsgöttin, und schneidet seinen Lebensfaden ab.» Sie holte tief Luft und sank ins Bett zurück.

«Was redest du denn da, Mama?», sagte Michael, seine Tränen abwischend.

«Nun, mein lieber Michael, auch ich bin durch die Höhen und Tiefen des Lebens gegangen.» Dann mit schwacher, fast flüsternder Stimme: «Jetzt, wo du glücklich verheiratet bist und einen wunderbaren Sohn hast, ist auch mein Lebenszweck erfüllt. Ich bin glücklich und bereit zu sterben.»

Sie faltete wiederum ihre Hände und schloss langsam die Augen.

«Mama, Mama!», rief Michael verzweifelt.

Noch einmal bewegte sie kurz die Lippen, als ob sie etwas sagen wollte. Ihr Atem wurde flacher und flacher.

Er wollte Hilfe rufen, liess es dann doch bleiben.

«Du darfst nicht sterben Mama, nicht jetzt!», rief er verzweifelt.

Er hielt Mutters gefalteten Hände, spürte, wie ihn eine innige Verbundenheit durchströmte.

Als er das Vogelgezwitscher aus dem Spitalpark wahrnahm, vermeinte er aus einem Traum aufzuwachen. Er blieb noch eine Weile am Bett seiner Mutter sitzen. Dann stand er auf und ging in den Spitalpark hinunter, nachdem er die Schwester auf der Krankenstation über Mutters Tod informiert hatte.

Er setzte sich auf die Parkbank, blickte an den Bäumen hoch, deren frisch ausgetriebene Blätter hellgrün im Licht der Frühlingssonne leuchteten. Ein alter Mann schob langsam einen Gehwagen vor sich her, blieb stehen und wischte sich mit zitternder Hand den Schweiss von der Stirn. Eine Amsel flog vorbei mit einem Zweig für den Nestbau im Schnabel. Er dachte an Mutters verebbendes Atmen – an Rafaels erste Gehversuche.

Bilder tauchten auf von dem Haus auf dem Land, das sie demnächst beziehen würden. Er erinnerte sich, wie er damals auf der Bel Etage von seinem Bürofenster sehnsüchtig in die Ferne geblickt hatte, in der Vorstellung, dass hinter den Hügeln die Freiheit begänne. Er stand auf und machte sich auf den Weg, im Bewusstsein, dass mit Mutters Tod für ihn ein neuer Lebensabschnitt begann.

23

Ein gleissender Blitz erhellte den Nachthimmel, dann prasselten die ersten Regentropfen gegen die Windschutzscheibe. Michael schaltete den Scheibenwischer ein. Im Radio lief Sinéad O'Connors Song ‹Nothing Compares 2 U› aus den 1990er Jahren, ein Song, der ihn noch heute bewegte. Erst kürzlich hatte er gelesen, dass die Sängerin zum Islam konvertiert sei und nichts mehr mit Weissen zu tun haben wolle, sofern damit Nichtmuslime gemeint seien. Sicher, O'Connor war immer schon speziell, eine Künstlerin, eben. Ein greller Blitz in unmittelbarer Nähe liess ihn zusammenzucken.

Er hatte sich das Abendessen mit Vater anders vorgestellt. Immer diese Erwartungen, Kritik und Ratschläge, wie er sein Leben zu führen habe. Er konnte es nicht mehr hören. Dass er mit Maria und dem Kleinen aufs Land gezogen war, dafür hatte Vater überhaupt kein Verständnis. In der Stadt hätte er eine prosperierende Anwaltskanzlei aufbauen können, wäre nicht mehr abhängig von dem linken Anwaltskollektiv, meinte er. Für Vater standen Karrieredenken, Erfolg und Macht schon immer im Mittelpunkt seiner Bestrebungen. Er konnte nicht verstehen, dass sein Sohn sich in eine andere Richtung entwickelte.

Immer stärker prasselten die Regentropfen gegen die Windschutzscheibe. Michael drosselte die Geschwindigkeit und stellte den Scheibenwischer aufs Maximum. Als er die Autobahnausfahrt erreichte, war er erleichtert. In einer knappen halben Stunde würde er zuhause sein.

Er hatte sich schon öfters gefragt, wie Mutter es mit Vater all die Jahre ausgehalten hatte. Die beiden hätten nicht unterschiedlicher sein können. Mutter war feinfühlig, liebenswürdig, nie auf ihren eigenen Vorteil bedacht. Möglich, dass sie sich gut ergänzten, anders konnte er sich ihre langjährige Ehe nicht erklären. Obwohl er immer der Meinung war, dass das Gemeinsame Menschen verbindet und nicht das Gegensätzliche.

Jetzt, nachdem Mutter gestorben war, hatte er nur noch Vater, mit dem er sich überhaupt nicht mehr vertrug. Er verspürte eine Sehnsucht nach einem Vater, der ihn verstand und ihn akzeptierte, wie er war. Würde er sich mit seinem leiblichen Vater besser verstehen?

Maria legte das Buch beiseite, als er das Wohnzimmer betrat.

«Und, wie war's?»

«Unerträglich.»

«Warum? Habt ich euch gestritten?»

«Nein, nicht wirklich. Wir verstehen uns nicht mehr, leben in anderen Welten.»

«Du hast dich doch früher einigermassen mit ihm vertragen.»

«Schon, ja. Doch das ist vorbei. Er ist nicht mein Vater.»

«Stimmt, er ist nicht dein wirklicher Vater. Doch was, wenn er das wäre? Auch leibliche Söhne sind mit ihren Vätern nicht immer einer Meinung. Du kannst dich doch nicht gegen ihn stellen, nur weil er nicht dein genetischer Vater ist.»

«Das tue ich auch nicht.»

«Doch, das tust du, seit du es erfahren hast. Deine Mutter hätte wohl besser geschwiegen.»

«Lass meine Mutter aus dem Spiel, Maria. Was liest du gerade?»

«‹Aus dem Leben eines Taugenichts›, von Eichendorff. Ich habe es in deinem Bücherregal gefunden und eben zu Ende gelesen.»

«Das ist lange her, seit ich diese Novelle gelesen habe. Ich kann mich nicht mehr richtig an den Inhalt erinnern. Worum geht es? Erzähl mal.»

Die Novelle aus der Spätromantik handle von einem verträumten Müllersohn, der von seinem Vater als Taugenichts aus dem Elternhaus vertrieben wird. Frohgemut und frei geht er mit seiner Geige hinaus in die Welt, ohne irgendwelche Pläne. Nach seiner abenteuerlichen Reise findet ihn das Glück bei der angebeteten jungen Frau auf dem Schloss. Eine Erzählung voller Lebensfreude und Naturverbundenheit.

Maria hielt inne. «Ich finde, dass die Erzählung auch heute aktuell ist. Nicht das Streben nach Erfolg, nach Selbstverwirklichung führt letztlich den Weltenbummler zu einem glücklichen Leben, sondern die innere Freiheit und Naturverbundenheit.»

«Aus der Sicht meines Vaters bin ich auch ein Taugenichts.»

«Ach was. Männer brauchen immer Anerkennung. In dieser Hinsicht bist du deinem Vater gar nicht so unähnlich.»

Michael schwieg. Was sollte er darauf antworten? Natürlich hatte auch er Ähnlichkeiten mit seinem Vater, der ihn ja schliesslich grossgezogen hatte. Vielleicht hätte Mutter das Geheimnis mit ins Grab nehmen sollen, wie Maria meinte. Seit er wusste, dass er das Kind eines Samenspenders war, hatte sich das Verhältnis zum Vater merklich verschlechtert.

«Hast du deinen Vater gefragt?»

«Was sollte ich ihn fragen?»

«Wegen der künstlichen Insemination.»

«Ja.»

«Und?»

«Er hat mir einmal mehr bestätigt, was mir Mutter schon gesagt hat. Dass damals die Samenspenden an der Frauenklinik absolut anonym durchgeführt wurden.»

«Weshalb lässt du die ganze Angelegenheit nicht einfach auf sich beruhen? Ich habe gedacht, dass du darüber hinweggekommen bist.»

«Das kannst du nicht verstehen, Maria. Die Frage der Herkunft kann man nicht so leicht wegstecken, auch ich nicht.»

«Aber wenn doch nicht die geringste Chance besteht, den Samenspender zu finden. Warum kannst du dich nicht damit abfinden?»

«Ich werde an der Frauenklinik vorsprechen. Vielleicht kann ich dort mehr über die damaligen Praktiken der künstlichen Insemination erfahren.»

«Ja, wenn du meinst … Heute habe ich übrigens unsere Nachbarin getroffen», sagte Maria.

«Die mit den beiden Kindern?»

«Nein, sie wohnt in dem Haus auf der rechten Seite von unserem Garten.»

«Und?»

«Sie und ihr Mann sind auch nicht hier im Dorf aufgewachsen und vor zehn Jahren hierher gezogen. Eine sympathische Frau. Wir könnten sie und ihren Mann einmal zum Essen einladen.»

«Warum nicht … Haben sie Kinder?»

«Einen Sohn. Doch der ist schon älter und studiert an der Fachhochschule Architektur.»

«Was arbeitet ihr Mann?»

«Er ist Spengler, hat hier im Dorf eine eigene Spenglerei.»

«Ja, dann lade sie doch ein», sage Michael, während er die auf dem Tisch liegende Tageszeitung aufschlug.

24

Als Michael die Frauenklinik betrat, hatte er ein mulmiges Gefühl. Hier vor 38 Jahren fand die künstliche Insemination statt. Er begab sich in die Gynäkologie und setzte sich ins Wartzimmer, in dem zwei schwangere Frauen sassen. Die eine war hochschwanger, umschloss mit ihren Armen dem prallen Bauch, als ob sie ihn stützen wollte. Ob Mutter damals auch in diesem Wartezimmer gesessen hatte? Eigentlich fand er schwangere Frauen erotisch. Doch hier in der Gynäkologie fühlte er sich unwohl. Auch hatte er den Eindruck, dass ihn die beiden Frauen argwöhnisch beobachteten. Er war erleichtert, als ihn der junge Arzt, mit dem er einen Termin vereinbart hatte, ins Sprechzimmer bat. Ihm fiel der gynäkologische Stuhl auf. Er konnte sich nicht vorstellen, was für ein Gefühl es für eine Frau sein musste, auf einem solchen Stuhl zu liegen, um dem Arzt Einblicke in den intimsten Bereich zu ermöglichen.

Er könne ihm nur das bestätigen, worüber er sicher schon informiert worden sei, meinte der Gynäkologe. Es gebe überhaupt keine Unterlagen oder irgendwelche Anhaltspunkte, um den Samenspender zu eruieren. Und der

Arzt, der damals die Insemination durchgeführt habe? Der sei verstorben, hätte sicher auch nichts sagen können, weil die Samenspenden damals absolut anonym durchgeführt worden seien. Vereinzelt seien die Spermien mehrerer Spender sogar vermischt worden, um mögliche Spuren zu verwischen.

Es habe doch damals eine Auswahl der Spender stattgefunden, meinte Michael. Sicher nicht von ungefähr hätte sein Vater und er dieselbe Blutgruppe.

Natürlich hätte man die Spender nach bestimmten Kriterien ausgewählt, meinte der Arzt, doch es gäbe schlichtweg keine Unterlagen.

«Tut mir wirklich leid, Herr Baltensberger. Aus heutiger Sicht ist das Vorgehen von damals unverzeihlich.»

«Und ein Gentest?»

«Davon würde ich abraten. Die Wahrscheinlichkeit, den Samenspender zu finden, ist verschwindend klein. Damals wurden nicht nur die Ärzte zu absolutem Stillschweigen verpflichtet, sondern auch die Samenspender. Dazu kommt, dass damit falsche Hoffnungen geweckt werden. Ich kann Ihnen jedoch eine Psychotherapeutin empfehlen, die Ihnen helfen kann, Ihr Trauma zu überwinden.»

Michael bedankte sich und verliess das Frauenspital mit gemischten Gefühlen.

Also eine Psychologin soll mir helfen, mein Problem zu lösen. Aber wie denn, fragte er sich, als er in die Strassenbahn einstieg. Die Tatsache, dass ich das Kind eines Samenspenders bin, kann auch die beste Psychologin nicht aus der Welt schaffen. Liegt es denn an mir, dass ich damit nicht umgehen kann?

Als die Strassenbahn anhielt, merkte er, dass er zu weit gefahren war. Er überquerte die Strasse und nahm die nächste Strassenbahn in die Gegenrichtung. Nach drei Haltestellen stieg er aus, bog in die etwas hangaufwärts führende Nebenstrasse ein und erreichte schliesslich das unscheinbare Gebäude, in dem das Anwaltskollektiv seine Büros hatte.

Martin Pfister hielt sich gerade am Empfang auf, als Michael die Kanzlei betrat.

«Hallo, Michael. Komm, gehen wir in mein Büro», sagte Martin.

«Kaffee?»

«Gerne.»

«Hast du Zeit, einen neuen Fall zu übernehmen?»

«Ja, worum geht es?»

«Es geht um die Beratung in einem Ehrenverletzungsfall. Die Mandantin wurde in den Social Media von ihrem früheren Lebenspartner aufs Übelste beschimpft und als Schlampe und Hure tituliert.»

«Klar, übernehme ich gerne. Ich verstehe nicht, weshalb Leute bei Verleumdungen nicht aus den Social Media aussteigen.»

«Das empfehle ich in solchen Fällen auch immer. Doch die Rufschädigung ist damit ja nicht vom Tisch.»

Als Michael die Kanzlei verliess, dachte er wieder an den Gynäkologen und dessen Rat, eine Psychotherapeutin aufzusuchen. Warum nicht, sagte er sich. Was spricht dagegen?

Er lief zur Strassenbahnhaltestelle hinunter und mischte sich unter die Leute, die dort warteten: Krawattenträger mit Aktentasche, adrett gekleidete jüngere Frauen, zwei Männer mit Rucksack. Alle strömten auf die sich öffnenden Türen der eingefahrenen Strassenbahn zu, wohl auf dem Weg in den Feierabend. Noch grösser war das Gedränge im Wageninneren. Er war es nicht mehr gewohnt, sich in einer solchen Menschenmenge aufzuhalten. Manche waren mit ihrem Smartphone beschäftigt, andere starrten mit leerem Blick vor sich hin. Die Strassenbahn erreichte den See, der in der Abendsonne silbern glitzerte. Michael sah das See-Restaurant, in dem er sich mit Mutter vor rund zwei Jahren zum Mittagessen getroffen hatte. Damals, als er von ihrer Krebserkrankung erfahren hatte. Und nun war sie tot, seine leibliche Mutter, die ihn einst ausgetragen hatte. Manchmal kam es ihm vor, als ob sie noch leben würde, wie wenn er sich mit ihr gedanklich austauschen würde. Wie würde sie sich über den Kleinen freuen und sie in ihrem Bauernhaus besuchen.

Als er vor ein paar Wochen an ihrem Grab auf dem Friedhof stand, fühlte er gar nichts von Nähe oder tiefer Verbundenheit. Mutters Grab hatte für ihn keine Bedeutung, es stand für etwas, das es nicht mehr gab. Eine Gedenkstätte eben, mehr nicht. Er konnte sich nicht vorstellen, mit welchen Gefühlen der Verbundenheit Leute das Grab eines Verstorbenen besuchten.

Beim Hauptbahnhof stieg er aus, fuhr mit dem Zug, dann mit dem Postauto weiter und erreichte schliesslich das 800-Seelendorf, in dem er nun zuhause war.

25

«Setzen Sie sich doch, Herr Baltensberger», sagte die Therapeutin, auf einen bequemen Polsterstuhl weisend, während sie eine Arbeitsmappe vom Schreibtisch nahm. Dann setzte sie sich ihm lächelnd gegenüber.

«Ich kann verstehen, dass Sie ein wenig nervös sind. Auch ich bin oft etwas aufgeregt beim ersten Gespräch.»

In dem Moment wollte Michael am liebsten aufstehen und gehen. Warum sollte er sich einem wildfremden Menschen anvertrauen? Doch letztlich war er es, der das Gespräch gesucht hatte.

Sie könne sich vorstellen, dass es für ihn nicht einfach sei, sich gegenüber einem noch fremden Menschen zu öffnen, meinte die Therapeutin. Es brauche eben Zeit, das dafür notwendige Vertrauen aufzubauen. Dafür seien mehrere Sitzungen notwendig. Der Entscheid, die Therapie fortzusetzen oder abzubrechen liege bei ihm. Auch, weil der Vertrauensaufbau Zeit brauche und nicht mit jeder Therapeutin oder jedem Therapeuten klappen würde.

Ob er eine Vorstellung davon habe, was er von der Psychotherapie erwarte und schildern wolle, was sein Anliegen sei, das ihn belaste.

«Scheuen Sie sich nicht, alles auf den Tisch zu legen. Und wenn Ihnen eine meiner Fragen unangenehm ist, dann bitte sagen Sie das gleich. Ich bin nicht beleidigt, auch nicht verletzt, wenn Sie eine Frage nicht beantworten wollen. Also, was ist Ihr Anliegen, was belastet Sie?»

Michael schilderte seine Lebenssituation und sprach über sein Dilemma, nicht akzeptieren zu können, dass er das Kind eines Samenspenders sei.

«Sie sind nach meiner Einschätzung mit Ihrem jetzigen Leben zufrieden, können sich jedoch nicht damit abfinden, dass Sie das Kind eines Samenspenders sind.»

«Genau.»

«Was belastet Sie dabei besonders?»

«Dass ich, nachdem meine Mutter gestorben ist, keine leiblichen Eltern mehr habe.»

«Wie ist Ihr Verhältnis zum Vater?»

«Schlecht, wir haben gar nichts gemeinsam.»

«Er hat Sie doch grossgezogen. Da muss es doch auch Ähnlichkeiten geben, auch wenn er nicht Ihr genetischer Vater ist.»

«Ich weiss es nicht.»

«Denken Sie nicht auch, dass Ihre Ablehnung für ihn belastend sein könnte?»

«Nein, das glaube ich nicht. Er ist ein gefühlskalter Mensch.»

«Ich kann Sie verstehen. Doch das ist ein hartes Urteil.»

«Mag sein, ja.»

«Sie können ihn nicht ändern, aber Ihre Einstellung zu ihm. Glauben Sie nicht, dass dies zur Problemlösung beitragen könnte?»

«Vielleicht. Ich weiss es nicht.»

«Ihren genetischen Vater zu finden ist, wie Sie selbst geschildert haben, praktisch unmöglich, weil damals die Samenspender anonymisiert wurden.»

«Könnte nicht ein Gentest irgendwelche Hinweise liefern?»

«Die Wahrscheinlichkeit, Ihren genetischen Vater durch einen Gentest zu finden, ist äusserst gering.»

Sie hielt kurz inne.

«Sie sind das Kind eines Samenspenders. Das ist eine Tatsache, die Sie nicht aus der Welt schaffen können. Wenn es Ihnen gelingt, dies zu akzeptieren, dann werden Sie dies auch nicht mehr als belastend empfinden. Das geschieht allerdings nicht von heute auf morgen. Daran müssen wir arbeiten.»

Erst jetzt fielen ihm die warmen, braunen Augen der Therapeutin auf. Er schätzte sie so gegen vierzig, in seinem Alter etwa. Sie zupfte an ihrer hellbeigen Bluse, während sie irgendetwas in ihre Arbeitsmappe schrieb.

«In der nächsten Sitzung wollen wir uns etwas über Ihre Kindheit unterhalten», sagte sie abschliessend. «Dabei geht es nicht darum, die Vergangenheit aufzurollen, sondern die Vater-Kind-Beziehung zu beleuchten.»

Gegen Ende der Sitzung wollte sie noch wissen, wie er sich fühle. Ob er gedenke, die Therapie fortzusetzen.

Wenn das Gespräch seinen Erwartungen entsprochen habe, könnten sie auch gleich einen nächsten Termin vereinbaren. Falls er es sich doch noch anders überlege, könne er den Termin immer noch absagen.

26

Michael schreckte auf, als es an der Haustür klingelte. Er legte die Unterlagen über den Rechtsfall, den er eben bearbeitet hatte, in die Mappe zurück, stand auf und ging zur Haustür.

«Eric! Was für eine Überraschung, komm rein! Nimmst du ein Bier?»

«Gerne.»

«Und, wie gefällt dir unser neues Zuhause?»

«Das absolute Gegenteil zu eurer früheren Attikawohnung. Mir wäre es zu rustikal, zu ländlich, auch wenn der Blick auf die Alpen wirklich beeindruckend ist. Und ihr, habt ihr euch gut eingelebt?»

«Doch schon, ja. Wir fühlen uns wohl hier. Natürlich ist es nicht so einfach, hier auf dem Land Fuss zu fassen und mit den Einheimischen in Kontakt zu kommen. Trotzdem haben wir uns gut eingelebt, haben sehr nette Nachbarn mit zwei kleinen Kindern. Für Rafael ideal. Wir schätzen vor allem den eigenen Garten, in dem wir inzwischen auch Salat und Gemüse anpflanzen. Was gibt es denn Schöneres, als den Sommerabend im Freien zu geniessen? Mit dem eigenen Garten beginnt der Weg ins Grüne direkt beim Haus.

Komm, gehen wir runter und trinken draussen unser Bier.»

Eric stellte sein Bier auf den Gartentisch und drehte sich eine Zigarette. Wie es beruflich gehe, wollte er wissen.

Nicht so, wie er sich dies vorgestellt habe. Es sei schwierig, an neue Mandate heranzukommen. Es brauche eben Zeit, um sich als neuer Anwalt zu positionieren. Deshalb arbeite er nach wie vor für das Anwaltskollektiv.

«Du hast dich ja schon vor unserem Umzug aufs Land dahingehend geäussert, dass eine erfolgreiche Anwaltspraxis wohl nur in der Stadt möglich sei.»

«Und, ist es so?»

«Ich weiss es nicht. Wir wohnen nun seit einem Jahr auf dem Land. Was nicht ist, kann ja noch werden.»

Michael beobachtete Eric, wie er seine Zigarette im Aschenbecher ausdrückte, erst zögerlich, dann energisch, als ob er sich über das Rauchen ärgern würde. Er war schon immer ein sonderbarer Mensch. Sowohl liebenswürdig als auch wieder schroff in seiner Art. Er liebte die Frauen, doch eine längere, feste Beziehung entsprach wohl eher nicht seinem Naturell.

«Ich habe immer gedacht, dass du hier bei uns auf dem Lande einmal auftauchen würdest. Du bleibst doch zum Essen, oder? Wir hatten ohnehin vor, heute Abend zu grillieren.»

«Doch, ja», antwortete Eric wortkarg.

Michael stand auf und holte zwei weitere Bierflaschen aus dem Keller.

«Was ist los mit dir? Du wirkst nicht gerade glücklich», sagte er, während er Eric eine Flasche reichte.

«Wie sollte ich auch? Möchtest du heute im Journalismus arbeiten?»

«Ich weiss nicht, ich habe nie wirklich darüber nachgedacht.»

«Eine neutrale, nach Objektivität strebende Berichterstattung war einst das Credo im Journalismus. Was früher strikt in Bericht und Kommentar getrennt wurde, fliesst heute oft in demselben Beitrag zusammen. Eine Annäherung an die Social Media, in denen nicht Fakten, sondern Meinungen dominieren. Alles wird kolportiert und durcheinander geschwurbelt. Da muss man sich nicht wundern, dass die Glaubwürdigkeit der klassischen Medien infrage gestellt wird.»

«Glaubst du denn wirklich an eine objektive Berichterstattung? Jeder hat doch seine vorgefasste Meinung, davor sind wohl auch Journalisten nicht gefeit.»

«Dem versucht man, durch die strikte Trennung von Bericht und Meinung entgegenzuwirken. Nur wenn Journalisten den professionellen Standard der Objektivität erfüllen, Informationen gewichten und verifizieren, hat der Journalismus eine Chance, weiterhin seine meinungsbildende Rolle wahrzunehmen und als gesellschaftlich wichtige Kraft zu wirken.»

«Warum wechselst du nicht in den PR-Bereich, dann musst du dich nicht mehr mit solchen Fragen herumschlagen.»

«Dafür bin ich nicht geboren, das weisst du.»

Michael schwieg.

Die Sonne schien eben hinter den Bergen zu verschwinden, als Maria von ihrem Arztbesuch mit Rafael zurückkehrte. Alles sei soweit in Ordnung sagte sie. Es handle sich bei Rafaels Ausschlag lediglich um Nesselfieber, das auf eine Lebensmittelallergie schliessen lasse, wie der Arzt meinte.

«Er hat doch die letzten Tage immer wieder Erdbeeren gegessen. Vielleicht hat dies das Nesselfieber ausgelöst.»

«Schon möglich», entgegnete Michael.

«Habt ihr Erdbeeren im Garten?», wollte Eric wissen.

«Ja, dort hinter den Himbeersträuchern.»

«Und die habt ihr selbst angepflanzt?»

«Nein, die waren bereits vorhanden», sagte Maria.

Michael beobachtete den Kleinen, der mit einer kleinen Schaufel Kies vom Boden kratzte und in einen leeren Blumentopf füllte. Nein, er mochte den Kleinen nicht missen.

Vielleicht wirkte Eric deshalb so unzufrieden, weil das Junggesellenleben neben der Freiheit auch seine Schattenseiten hat. Ob er noch mit Esther zusammen war oder ob die Beziehung auch schon wieder in die Brüche gegangen war? Er wollte ihn nicht fragen. Eric war ein Einzelgänger mit bisweilen ausgefallenen Ansichten. Möglich, dass er das Leben als Kleinfamilie auf dem Lande spiessig fand.

Ein Linker eben, der in seiner journalistischen Tätigkeit nicht immer so objektiv berichtete, auch wenn er für eine objektive Berichterstattung plädierte.

«Schmeckt es?», fragte Michael, während er Wein nachschenkte. «Doch, sehr gut. Das Fleisch ist ausgezeichnet.»

«Das haben wir bei einem Bauern im Dorf gekauft», sagte Maria. «Der Salat ist aus unserem Garten.»

«Schmeckt alles ausgezeichnet, wirklich. Ihr wisst die Vorteile des Landlebens zu nutzen», sagte Eric mit einem leicht sarkastischen Unterton.

«Kommst du voran mit deinem Roman?», fragte Michael.

«Schon, ja. Eigentlich habe ich ihn fertig geschrieben. Der Verleger ist auch bereit, ihn zu veröffentlichen, doch ihn stört das offene Ende. Da muss ich mir noch etwas einfallen lassen.»

«Eric wirkt irgendwie unglücklich», sagte Maria, nachdem er gegangen war.

«Den Eindruck hatte ich auch.»

«Vielleicht sollten wir versuchen, ihn mit Rafaels Taufpatin Daniela zu verkuppeln.»

«Er ist nun mal ein Einzelgänger und wird es immer bleiben.»

«Ich hatte den Eindruck, dass er einsam ist.»

«Schläft der Kleine schon?», fragte Michael, bestrebt, das Gespräch in eine andere Richtung zu lenken.

«Ja.»

«Nimmst du auch noch ein Glas?», fragte Michael, während er sich Wein nachschenkte.

«Nein, danke.»

«Wie lange bist du nun schon in psychotherapeutischer Behandlung?»

«Gut drei Monate.»

«Hast du das Gefühl, dass es etwas bringt?»

«Ich denke schon. Weshalb fragst du?»

«Weil du kaum darüber sprichst.»

«Zurzeit unterhalten wir uns über meine Kindheit, vor allem über mein Verhältnis zu Vater.»

In dem Gespräch sei ihm bewusst geworden, dass Vater sich liebevoll um ihn gekümmert habe. Er habe viel mit ihm gespielt, als er klein war, vor allem mit der elektrischen Modelleisenbahn, die schon damals nicht mehr in Mode war. Wahrscheinlich, weil Vater selbst von der Modelleisenbahn begeistert war. Stundenlang seien sie am Boden gesessen, hätten Geleise verlegt, Tunnels und Brücken gebaut. Hin und wieder sei ein Zug entgleist, weil er das Tempo in einer Kurve zu wenig gedrosselt habe.

«Die enge Beziehung schwächte sich langsam ab, als ich grösser wurde. All das ist mir erst während der letzten Sitzungen so richtig bewusst geworden.»

«Du gehst gerne zu den Sitzungen, oder?»

«Eigentlich schon. Die Therapeutin ist wirklich sehr nett, interessiert sich für alles. Sie hört zu, hat eine liebenswürdige Art und ist so verständnisvoll.»

«Du magst sie sehr, nicht wahr?»

«Nun ja, ich habe kaum mit jemandem so offen über meine Befindlichkeit sprechen können.»

«Auch mit mir nicht?»

«Ach, Maria. Ich kann mich ja nicht von meiner eigenen Frau therapieren lassen. Komm, gehen wir hinein. Es wird langsam kühl.»

27

Er fühlte sich wohl in dem Büro, das er neben dem Wohnzimmer eingerichtet hatte. Den Schreibtisch hatte er gegen das Fenster ausgerichtet, nicht allein wegen des Lichts, sondern weil er den Blick ins Freie schon immer schätzte. Er erinnerte sich an die Zeit bei Schlatter und sein Büro auf der Bel Etage. Wie oft hatte er sehnsüchtig aus dem Fenster geschaut, auf den See und die Hügelzüge, hinter denen für ihn die Freiheit begann. Nun war er eben dort angekommen, in der vermeintlichen Freiheit, von der er damals geträumt hatte. Sicher konnte er heute seine Arbeit frei einteilen und dem ewigen Einerlei eines Angestellten aus dem Weg gehen. Doch dies hatte, wie ihm je länger, je mehr bewusst wurde, auch seine Schattenseiten. Er verdiente deutlich weniger und dies bei grösserem Arbeitseinsatz. Zudem war er nach wie vor vom Anwaltskollektiv abhängig.

Manchmal fühlte er sich auch einsam in dem ehemaligen Bauernhaus, wenn er so alleine an seinem Schreibtisch sass. Nein, er wünschte sich die Zeit bei Schlatter nicht zurück, doch er vermisste den Kontakt zu den Arbeitskollegen. Er erinnerte sich an die Gespräche mit seiner ehemaligen Assistentin Erika, auch wenn ihn ihr Geschwätz manchmal ermüdete. Nun besuchte ihn Maria manchmal im Büro, um sich mit ihm zu unterhalten. Doch viel Neues gab es dabei nicht zu berichten, weil beide den Tag meist zuhause verbrachten. In letzter Zeit kam sie seltener, seit sie im Dorf eine Teilzeitstelle als Kindergärtnerin gefunden hatte. Auch wenn Rafael ihn mit seinem Xylophon besuchte, war es für ihn eine willkommene Abwechslung, selbst wenn ihn das unmelodische Geklimper zuweilen nervte.

Nachdem er die eingegangenen Mails beantwortet hatte, ging er in den Garten hinunter. Er legte die Aktenmappe auf den Gartentisch und zündete sich eine Zigarette an.

Er hatte keine Lust, sich in die Akten zu vertiefen, beobachtete stattdessen eine Amsel, die vor einer anderen flüchtete. Ihm kam der griechische Mythos von Nemesis in den Sinn, die vor Zeus' Nachstellungen flüchtete. Auf ihrer Flucht über das Meer verwandelte sie sich in einen Fisch, dann, schliesslich am Ufer angekommen, in eine Gans, die Zeus als Schwan schwängerte und damit Helena zeugte.

Ob das Amselmännchen auch obsiegen wird? Warum erst flüchten und sich dann doch hingeben? Um die Lust des Männchens zu steigern? Oder um den Moment voll auszukosten, begehrt zu werden?

Er dachte an die Therapiesitzung mit der Psychologin vor zwei Tagen. Was sich gerade zwischen ihm und Vater abspiele, sei völlig normal, meinte sie. Er habe seine eigene

Persönlichkeit entwickelt, habe sich emanzipiert. Er sei nicht in die Fussstapfen des Vaters getreten, sei kein Geschäftsmann geworden. Das sei nicht aussergewöhnlich. Väter seien oft der Meinung, dass Söhne sich ganz im Sinne ihrer Vorstellungen entwickeln sollten. Und dies, wohlgemerkt, auch leibliche Väter, je nachdem, wie sie in ihrer patriarchalen Rolle verhaftet seien. Das sei offenbar bei seinem Vater der Fall. Nun sei es an ihm, auf Vater zuzugehen, und ihn so zu akzeptieren, wie er sei. Dies sei eine wichtige Voraussetzung, um sein Trauma zu überwinden.

Ihre Analyse überzeugte ihn. Ja, er hatte sich anders entwickelt, als Vater sich vorstellte. Weshalb sollten sie sich deshalb in die Haare geraten?

Er war beeindruckt von der Therapeutin, ihrer Offenheit und ihrem Einfühlungsvermögen. Wie konnte sie ihm so viel Verständnis, Empathie und Interesse entgegenbringen?

Je länger er an sie dachte, desto mehr fühlte er sich zu ihr hingezogen. Ihre warmen braunen Augen, ihr einnehmendes Lächeln. Als er ihr beim letzten Gespräch gegenübersass, trug sie zum ersten Mal keine Hosen, sondern ein eng anliegendes Kleid, das knapp bis zu den Knien reichte. War sie sich bewusst, wie erotisch sie auf ihn wirkte? Eigentlich wusste er nichts über sie, lediglich, dass sie Julia Imboden hiess und aufgrund ihres Dialekts irgendwo aus dem Kanton Bern stammen musste. Er wusste auch nicht, ob sie verheiratet war oder überhaupt mit einem Mann zusammenlebte. Jedenfalls trug sie keinen Ehering.

Studiert hatte sie offenbar an der Universität Bern, wie dies aus dem Diplom an der Wand hervorging.

Auf einmal hatte er das Gefühl, dass er sich in ihrer Praxis befände. Doch diesmal sass sie ihm nicht gegenüber, sondern lag nackt mit leicht übereinandergelegten Beinen auf einem weissen Tuch. Ihre Augen waren geschlossen, die dunkelbraunen Haare zusammengebunden. Die Ruhe, die sie ausstrahlte, liess sie noch attraktiver erscheinen. Ihre runden, weissen Brüste wirkten jungmädchenhaft. Überhaupt strahlte sie etwas Jungfräuliches aus, etwas Unbeflecktes. Er wollte auf sie zugehen, doch er konnte sich nicht bewegen, war wie gelähmt.

«Hallo, Michael», hörte er jemanden sagen. Er schreckte auf, als plötzlich die Nachbarin vor ihm stand.

«Guten Tag, Anna.»

«Hab ich dich geweckt?»

Er wusste selbst nicht, ob er geschlafen hatte.

«Ja», sagte er etwas beschämt. «Ich muss wohl eingenickt sein.»

«Ein wunderschöner Frühlingstag heute, nicht wahr», sagte sie. «Ist Maria da?»

«Nein, sie ist mit dem Kleinen ihre Eltern besuchen gegangen.»

«Kein Problem. Ich wollte sie nur fragen, ob sie noch Tomatensetzlinge brauchen könnte.»

«Da bin ich überfragt.»

«Kein Problem», sagte sie abermals. «Ich wünsche dir einen schönen Abend.»

Erst jetzt wurde ihm bewusst, was er geträumt hatte. War es wirklich ein Traum oder eine Phantasievorstellung, ein Tagtraum gewesen? Er hatte nicht den Eindruck, dass er geschlafen hatte.

Das Bild hatte er immer noch vor Augen, das ihn an die schlummernde Venus des Renaissance-Künstlers Giorgione erinnerte. Die schlafende Göttin der Liebe, die auf einem weissen Laken liegt, in Einklang mit der sie umgebenden, arkadischen Landschaft. Er konnte sich nicht erinnern, wo er das Bild gesehen hatte.

Der Kater der Nachbarin lief mit hochgehobenem Schwanz gemächlich an ihm vorbei. Er hielt inne und verfolgte mit grossem Interesse ein Rotkelchen, das mit einem Zweig im Schnabel im Holunderbusch verschwand. Langsam schlich der Kater auf den Holunderbusch zu, eine Pfote vor die andere setzend. Dann blieb er geduckt stehen und blickte den Busch hoch, ohne sich zu bewegen. Sollte er ihn verjagen, um den Vogel zu retten? Er liess es bleiben, ergriff stattdessen die ungeöffnete Aktenmappe und begab sich ins Haus.

28

Bei der nächsten Sitzung wollte die Therapeutin wissen, wie das Gespräch mit seinem Vater verlaufen sei.

Er habe Vater auf dem Golfplatz getroffen, obwohl er für Golf nicht mehr viel übrig habe. Doch Vater sei eben ein leidenschaftlicher Golfspieler. Er habe sich vorgenommen, ihm ohne Ressentiments zu begegnen. Ohne Vorstellungen und Erwartungen, wie sie ihm nahegelegt habe. Erst sei das Gespräch harzig verlaufen. Dann hätten sie sich ungezwungen über dies und jenes unterhalten und schliesslich über Mutters Tod gesprochen. Ihm sei bewusst geworden, dass nicht nur er, sondern auch Vater unter ihrem frühen Tod litt. Und auf einmal habe er realisiert, dass es doch einige Gemeinsamkeiten zwischen ihnen gebe.

Er hielt inne, räusperte sich. Die Therapeutin lächelte wohlwollend und bat ihn, in seiner Erzählung fortzufahren.

Schliesslich habe Vater über seine Zeugungsunfähigkeit gesprochen. Wie er darunter gelitten habe, als die Ärzte dies festgestellt hätten. Möglich, dass er sich deshalb so stark auf seine Karriere fokussiert habe. Unbewusst vielleicht, wie er meinte, um seine männliche Unzulänglichkeit wettzumachen. Er hätte sich mit der kinderlosen Ehe abfinden können, doch Mutter habe sich ein Leben ohne Kind nicht vorstellen können. Und so hätten sie sich einvernehmlich für eine Samenspende entschieden. Natürlich habe er sich über das Kind gefreut. Er habe immer versucht, ein guter Vater zu sein und hoffe, dass auch Michael das so empfunden habe. Er sei stolz auf seinen Sohn, auch wenn sie in mancherlei Hinsicht unterschiedlicher Meinung seien. Dies sei ja zwischen Vater und Sohn nicht aussergewöhnlich und habe nichts damit zu tun, dass er nicht sein leiblicher Vater sei.

Während er über die Begegnung mit seinem Vater sprach, streifte er seine Hilfsbedürftigkeit ab, benahm sich selbstbewusst wie ein Pfau, der das Rad schlug. Er wollte nicht mehr den psychisch angeschlagenen, depressiven Mann spielen. Er wollte ihr auf Augenhöhe begegnen, keine Schwächen mehr zeigen. Sie war für ihn nicht mehr die Therapeutin, sondern eine begehrenswerte Frau, mit der er sich eng verbunden fühlte. Eine Vertraute, die ihm immer freundlich begegnete und an jeder noch so belanglosen Erzählung interessiert war.

Er fühlte sich ihr so nahe wie kaum zuvor, so vertraut, dass er ihr seine Liebe gestand.

Sie blickte ihn einfühlsam an und lächelte. Er hatte den Eindruck, dass auch sie Gefühle für ihn entwickelt hatte. Er fühlte sich wie ein Teenager in der Sturm-und Drang-Phase, voller Enthusiasmus und Tatendrang, doch auch etwas unsicher.

Es sei mutig von ihm, seine Gefühle so offen auszusprechen. Sie fände ihn sympathisch und interessant, doch verliebt in ihn sei sie nicht.

Dessen ungeachtet bewegte er sich inbrünstig auf sie zu, umschlang sie mit den Armen und wollte sie eben küssen, als sie ihn wegdrängte.

Ihr Blick verdüsterte sich. «Das geht nicht.»

«Warum nicht?»

«Ich bin Ihre Therapeutin und nicht Ihre Geliebte.»

«Das eine schliesst doch das andere nicht aus, oder?»

«Doch.»

«Wir sind uns so nahe gekommen, ich habe mich gegen niemanden so geöffnet wie Ihnen gegenüber. Für mich ist dadurch eine innige Verbundenheit entstanden, nein, mehr als das. Ich habe mich verliebt.»

«Wie gesagt, das geht nicht.»

Plötzlich hatte er den Eindruck, dass sie ihre Zuneigung zu ihm nicht wahrhaben wollte. Oder bildete er sich nur ein, dass auch sie etwas für ihn empfand?

«Es freut mich, Herr Baltensberger, dass Sie, wie mir scheint, Ihr Trauma überwunden haben. Sie haben gelernt zu akzeptieren, dass Sie das Kind eines Ihnen unbekannten Mannes sind. Aus meiner Sicht können wir die Therapie damit abschliessen, wenn Sie damit einverstanden sind. Und denken Sie immer daran, ich bin Ihre Therapeutin und nicht Ihre Geliebte. Die Vertrautheit mit einer Therapeutin oder einem Therapeuten ist nichts Aussergewöhnliches, solange diese nicht als Verliebtheit verstanden wird. Liebesphantasien haben in einer Therapie keinen Platz.»

Michael war erstaunt über ihre Reaktion, hatte sie doch bisher immer wohlwollend auf seine Äusserungen reagiert. Warum war sie auf einmal so ablehnend? Wollte sie die Therapie deshalb abschliessen, weil er ihr seine Liebe gestanden hatte? Oder war sie wirklich der Meinung, dass er das Trauma überwunden hatte? Er fühlte sich gekränkt, spürte, dass das gegenseitige Vertrauen gebrochen war.

«Ja, wenn Sie meinen, dann können wir die Therapie mit der heutigen Sitzung beenden», sagte er mit einer gewissen Wehmut.

Sie kam auf ihn zu, streckte ihm die Hand entgegen. «Also Herr Baltensberger, ich wünsche Ihnen alles Gute. Und zögern Sie nicht, mich zu kontaktieren, wenn Sie den Eindruck haben, dass wir die Therapie fortsetzen sollten. Es hat mich sehr gefreut, Sie näher kennenzulernen.»

Michael verabschiedete sich von der Therapeutin mit zwiespältigen Gefühlen.

«Was ist mit los dir?», fragte Maria beim Abendessen.

«Nichts, was soll sein?»

«Du bist so abweisend.»

«Lass mich in Ruhe.»

Michael stand auf und ging wortlos in sein Büro. Ja, er war verärgert, wusste jedoch selbst nicht weshalb. Weil die Therapeutin seine Liebe zurückgewiesen und sich so vehement gegen seine Annäherungsversuche gewehrt hatte? War dies der Grund? Dabei hatte sich alles so positiv entwickelt. Er hatte sich mit Vater versöhnt, hatte nach Meinung der Therapeutin das Trauma überwunden, das Kind eines ihm unbekannten Samenspenders zu sein. Was wollte er mehr?

Die Kirchturmuhr hatte eben zehn geschlagen, als plötzlich Maria im Negligé das Büro betrat. «Komm, gehen wir schlafen.»

Michael löschte das Licht und folgte ihr wortlos.

29

Er sass am Strand und liess die Füsse von den Wellen überspülen, die sich rhythmisch näherten und sich mit einem zischelnden Geräusch über den Sand zurückzogen. Rafael neben ihm war mit der Sandburg beschäftigt, die den ansteigenden Flutwellen nicht standhielt und langsam in sich zusammenfiel, trotz des Sandschutzwalls, den er immer wieder von Neuem aufschüttete. Michael fragte sich, wie lange sich Rafael gegen das Unabänderliche wehren würde. Auch er wird einmal lernen, Dinge hinzunehmen, die er nicht ändern kann.

Er dachte an die letzte Sitzung mit der Therapeutin, die bereits zwei Monate zurücklag. Sie hatte ihm geholfen, sein Trauma zu überwinden und zu akzeptieren, dass er nicht der Sohn seines leiblichen Vaters war. Dafür war er ihr dankbar, auch wenn sie seine Liebe nicht erwidert hatte. Er war sich bewusst, dass er sich damals in etwas verstiegen hatte, vor allem während der letzten Sitzung, als er ihr seine Liebe gestand. Was, wenn sie seine Liebe erwidert hätte? Hätte dabei nicht auch die Beziehung zu Maria in die Brüche gehen können? Und Rafael, was wäre mit ihm? Nein, er war ihr dankbar, dass sie seine Liebe zurückgewiesen hatte.

Während er aufs Meer hinausblickte, kam ihm Grillparzers Tragödie ‹Des Meeres und der Liebe Wellen› in den Sinn. Grillparzer musste wohl selbst eine tragische Liebeserfahrung gemacht haben, sonst hätte er eine solche Tragödie nicht schreiben können.

Er zuckte zusammen, als ihn Maria von hinten umarmte.

«Hab ich dich erschreckt?», sagte sie, während sie sich zwischen ihn und Rafael setzte.

«Ich habe eben an Grillparzers Tragödie ‹Des Meeres und der Liebe Wellen› gedacht.»

«Und worum geht es dabei?»

«Mama, schau mal unsere Burg!», rief Rafael dazwischen, immer noch damit beschäftigt, die Burg mit einem Schutzwall aus Sand gegen die ankommenden Wellen zu schützen.

«Schön sieht sie aus, doch sie scheint langsam zu zerfallen.» Maria schob mit beiden Händen feuchten Sand gegen die zusammenfallenden Burgmauern.

«Also, Michael, erzähl uns die Geschichte.»

«Die Tragödie basiert auf der antiken Sage von Hero und Leander, die von verschiedenen Dichtern und auch von Grillparzer aufgegriffen wurde. Der Jüngling Leander verliebt sich in Hero, eine Priesterin der Aphrodite. Geleitet vom Schein eines Lichtes, das Hero ins Turmfenster stellt, durschwimmt er jeweils während der Nacht die Meeresenge Hellespont, um seine Geliebte heimlich zu treffen, denn es ist eine verbotene Liebe. Als in einer stürmischen Nacht das Licht im Turm erlischt, ertrinkt Leander. Hero erblickt den zerschellten Leichnam am Ufer und stürzt sich von ihrem Turm herab, um mit ihm im Tod vereint zu sein.»

«Eine tragische Liebesgeschichte, die mich an Romeo und Julia erinnert.»

«Ja, Maria.» Er drückte sie an sich, küsste ihre Schulter.

«Weisst du, es ist ein schönes Gefühl mit dir und Rafael hier zu sein», sagte Maria. «An dem Ort, wo ich als Kind mit meinen Eltern die Ferien verbracht habe. Hoffen wir, dass das Licht nicht erlischt und wir uns immer von neuem wieder finden.»

«Klingt etwas rührselig. Sicher, die Wogen haben sich geglättet. Ich habe gelernt, Dinge zu akzeptieren, die ich nicht ändern kann. Meine Therapeutin hat mir den Weg aufgezeigt. Doch neue Wogen werden auf uns zukommen. Wir werden dagegen ankämpfen und zusehen, dass das Licht nicht erlischt. Dann werden wir auch nicht untergehen. Wir werden aus Fehlern lernen, werden neue Wege beschreiten und auch Antworten auf die Frage finden, wie wir unser zukünftiges Leben sinnvoll gestalten können. Auch wenn einmal unsere Lichter ausgehen werden.»

«Ach Michael, das ist mir zu tiefsinnig. Lass uns erst einmal ins Hotel gehen und dann ein schönes Restaurant für das Abendessen aufsuchen. Mir reicht im Moment dieser kurze Ausblick auf unser zukünftiges Leben.»

«Komm, gehen wir», sagte Michael, nahm Rafael an die Hand und legte den Arm um Marias Taille. Er freute sich auf das italienische Abendessen, genoss das Hier und Jetzt, ohne sich weitere Gedanken über die Zukunft zu machen.